KB059123

"이 등장인물, 이스카와 닮았어……."

앨리스리제 루 네뷸리스 9세
Aliceliese Lou Nebulis IX

네뷸리스 황청의 제2왕녀.
밀라베어의 명령으로 맞선을
보게 되는데……?

너무 이르잖아요!

그것도 건너뛰고 결혼을 위해 맞선을 보라고요?!

"여왕님! 전 아직 남자 친구도 없는데,

포기하세요.

"앨리스 님.

린 뷔스포즈
Rin Vispose

『왕궁 수호성』이자 앨리스의 시녀인 희유한 성령술사. 거부하는 앨리스를 설득해서 맞선을 보게 하는데……?

밀라베어 루 네뷸리스 8세
Mirabea Lou Nebulis VII

여왕. 앨리스를 비롯한 세 자매의 어머니.
앨리스의 남자 친구 유무에 신경 쓰는 중.
※ 장녀와 삼녀는 이미 도망쳤음.

이는 왕궁 전체의 의견이자, 왕녀의 사명입니다.

"열일곱 살이 된 왕녀는 슬슬 반려자를 찾아야 합니다.

the War ends the world / raises the world

Secret File

CONTENTS

너와 나의 최후의 전장, 혹은 세계가 시작되는 성전

the War ends the world /
raises the world

Secret File

사자네 케이 지음

한수진 옮김

커버 그림, 본문 일러스트 | **네코나베 아오**

너와 나의 최후의 전장,
혹은 세계가 시작되는 성전 Secret File

the War ends the world /
raises the world

So Ee lu, sis lavia.
교차한다.

Ee yum solin-Ye-ckt-kamyu bis xin peqqy.
당신들은 지나쳐 갈 거야. 지금 이 순간을 기억하지 못하고.

Lu Ee nec xedelis. Miqs, lu Ee tis-dia lan Zill qelno.
돌아보지 않아도 돼. 아직은 그저 미래를 향해 똑바로 쭉 걸어가면 돼.

마녀들의 낙원

「네뷸리스 황청」

앨리스리제 루 네뷸리스 9세
Aliceliese Lou Nebulis IX

네뷸리스 황청의 제2왕녀. 가장 유력한 차기 여왕 후보. 얼음을 다루는 최강 성령술사. 제국에서는 「빙화의 마녀」라고 불리는 공포의 대상. 황청 내부의 온갖 음모에 염증을 내고 있으며, 전장에서 만난 적국 검사인 이스카와의 정정당당한 싸움에 설렘을 느낀다.

린 뷔스포즈
Rin Vispose

앨리스의 시종. 흙의 성령 사용자. 가정부 같은 옷 아래에 암기를 숨기고 다니는 유능한 암살자. 평소에 무표정한 편이라서 무슨 생각을 하는지 알기 어려운데, 가슴 크기에는 열등감을 느끼는 듯하다.

밀라베어 루 네뷸리스 8세
Mirabea Lou Nebulis VIII

여왕. 앨리스를 비롯한 세 자매의 어머니.
과거에 숱한 전장을 제압했던 베테랑 강자.
초월의 샐린저와 인연이 있는 듯한데…….

the War ends the world /
raises the world

Secret File

ncer who wears

r swords and

rceress Princess of

saster

기계로 된 이상향
「천제국」

이 스 카
Iska

제국군 인류 방위기구, 기구 Ⅲ사(師) 제907부대 소속. 과거에 사상 최연소로 제국의 최고 전력 「사도성(使徒聖)」 자리에 올랐지만, 마녀를 탈옥시킨 죄로 그 자격을 박탈당했다. 성령술을 차단하는 흑강의 성검과, 마지막으로 벤 성령술을 딱 한 번 재현하는 백강의 성검을 가지고 있다. 평화를 위해 싸우는 올곧은 소년 검사.

미스미스 클라스
Mismis Klass

제907부대 대장. 얼굴이 엄청나게 앳되어서 청소년처럼 보여도 실은 어엿한 성인 여성. 덜렁이지만 책임감이 강하고, 부하들에게도 신뢰를 받고 있다. 볼텍스에 빠지는 바람에 마녀로 변했다.

진 슐라건
Jhin Syulargun

제907부대 저격수. 귀신같은 저격 솜씨를 자랑한다. 이스카와 같은 스승님 밑에서 동문수학한 질긴 인연의 소유자. 성격은 차갑고 냉소적이지만, 동료를 아끼는 마음은 뜨겁다.

네네 알카스토네
Nene Alkastone

제907부대 기계 기술자. 천재 병기 개발자. 아득히 높은 곳에서 철갑탄을 발사하는 위성 병기를 조종한다. 실은 이스카를 친오빠처럼 잘 따르는 천진난만하고 사랑스러운 소녀.

리샤 인 엠파이어
Risya In Empire

사도성 제5위. 통칭 「만능 천재」. 검은 테 안경을 쓰고 양복을 입은 미녀. 학교 동기인 미스미스를 마음에 들어 한다.

File.01

너와 나의 최후의 전장,
혹은
결투의 이중 약속

the War ends the world /
raises the world
Secret File

우호조약·도시 케른.

제도에 대한 요청——.

케른 고대 박물관에 화재가 나고, 전시물인 재보(財寶)가 도난당하는 사건 발생.

현장에서 성령 에너지 반응 있음.

다시 말해——.

강력한 마녀와 마인 집단의 범행으로 추정된다.

고로 지원을 의뢰한다.

"나, 범인이 누구인지 알았어! 이 박물관에서 보물을 훔친 범인은…… 이스카 군! 틀림없이 이스카 군이야!"

"…………."

"후후후. 어때? 내 뛰어난 추리. 놀랐지?"

"너무 놀라서 말도 안 나오네요. 부정적인 의미로."

제국군 부대를 지휘하는 대장이 자신을 지목하자, 검은 머리 소년 이스카는 탄식하듯이 그렇게 대답했다.

"저기요, 미스미스 대장님? 새삼스러운 이야기지만, 저는 대장님과 함께 그 범인을 잡으러 여기 온 응원대잖아요……?"

"어휴, 얕아! 이스카 군, 생각이 얕아!"

미스미스 대장이 힘차게 고개를 옆으로 흔들었다.

"원래 이런 경우에는 범인은 가장 의심받지 않는 인물이야. 즉,

강도단을 잡으러 온 이스카 군이 진범이야. 확정!"

"하지만 그렇게 따지면 미스미스 대장님이 더 범인에 어울리는데요."

"뭐?"

"대장님은 제 상사이기도 하고. 저와 함께 강도단을 잡기 위해 파견된 제국 병사잖아요. 남자인 저보다도 오히려 여자가 더 수상한 경우라고요."

"…………."

미스미스 클라스 대장.

앳된 외모 때문에 10대 소녀로 오해받기도 하지만, 이래 봬도 어엿한 성인 여성.

세계 최대 군사 국가 「제국」의 부대장이자, 이스카가 소속된 방위기구 Ⅲ사 제907부대의 상사였다.

"……그건 그래."

그 미스미스 대장이 매우 진지한 얼굴로 수긍했다.

"이스카 군의 말이 맞아. 제일 수상한 사람은 나일지도 몰라."

"그렇죠?"

"하지만. 그래도 범인은 이스카 군이야."

"왜요?!"

"그냥~ 한번 말해보고 싶었어."

미스미스 대장이 신난 목소리로 즐겁게 이야기했다.

"명탐정 미스미스의 사건 수첩. 어때? 제국군에서 퇴직한 다음에 새 직업으로 삼아도 될까?"

"……네?"

절대로 하지 마세요.

즉흥적으로 범인이 날조될 테니까——라는 말을 하려다가 꿀꺽 삼켜버리고, 이스카는 거리에 있는 시계탑을 쳐다봤다.

"아, 그래도 그 덕분에 시간은 적당히 보냈네요. 시간 다 됐어요. 대장님."

"집합 시간? 응, 우리도 약속 장소로 가야겠네."

"도난당한 물건이 오래된 재보라고 했나요?"

"응. 이 도시는 유적 발굴도 활발하게 이루어지고 있대. 도둑은 이 동네에서는 유명한 마녀&마인 강도단인데, 꽤 만만찮은 상대라서, 우리 제국군이 도와주지 않으면 위험할 거야."

미스미스 대장이 거리를 걷기 시작했다.

"아, 저거 봐. 저기 저 박물관이야."

도시 케른.

이 세계에서 100년이나 전쟁을 계속하고 있는 양대 강국 「제국」과 「네뷸리스 황청」, 그중 어느 쪽에도 가담하지 않고 중립을 지키고 있는 독립도시였다.

아름다운 거리 풍경은 관광객들에게도 인기가 많은데, 바로 어제 강도단이 이 도시를 덮쳤다고 한다.

"저거 봐, 이스카 군. 건물 정면이 까맣게 타버렸잖아? 정면이 불타는 바람에 다들 그쪽을 주목하고 있었는데, 그 틈에 도둑이

뒷문을 파괴하고 재보를 훔쳐 간 거야."

"성령술의 화염인가요?"

"잿더미에서 성령 에너지가 검출됐대. 마녀와 마인으로 결성된 강도단이었다고 하던데?"

미스미스 대장은 허리에 테이저건을 차고 있었다.

흉악한 마녀들에게 대항하기 위한 제국군의 포획용 무기였다.

"사령부의 이야기에 의하면 이런 마녀 사건은 제국 측에 도움이 된대. 사악한 마녀나 마인을 제국군이 격퇴한다. 그러면 제국의 신뢰도도 올라가잖아? 다른 나라와의 국교 강화에 도움이 되는 거야."

"네뷸리스 황청과의 전쟁도 유리하게 이끌 수 있을 테고요."

박물관을 우러러보면서 이스카도 고개를 끄덕였다.

──100년 전.

이 세계의 패권을 쥐고 있던 제국은, 어느 날 이 별의 깊숙한 지하에 잠들어 있는 금단의 에너지『성령』을 발견했다.

이 성령이 인간에게 깃들면 동화 속의 마법 같은 힘을 부여한다. 성령을 지닌 여자는「마녀」, 남자는「마인」으로서 두려움의 대상이 될 정도로 무시무시한 힘을.

제국은 그들을 위험시하여 추방했다.

한편──.

마녀들은 제국의 박해에서 벗어나 새로운 국가를 건국했다.

그것이『마녀의 낙원』네뷸리스 황청이었다.

"……뭐, 일단 제국군으로서 파견된 것은 좋은데."

미스미스 대장이 기막히다는 듯이 한숨을 쉬었다.

"사령부도 참 너무하지 않아? 이쪽으로 보내는 파견 인원수는 필요 최소한으로 제한한다는 거야. 아무리 전장의 인원이 부족해도 그렇지, 이쪽도 마녀 강도단이라는 진짜 위험해 보이는 녀석들을 상대해야 하는데."

"네, 그 대신 제가 열심히 해볼게요."

"……윽. 미안해, 이스카 군. 너만 믿을게."

"네. 전투할 때는 제가 앞에 나설 테니까 대장님은 지휘에 전념해주세요."

마녀사냥 검사.

총기가 발달한 고도의 기계화 문명에서 검만 가지고 싸우는, 매우 희유한 근접전 병사.

그것이 이스카였다.

그는 과거에 천제의 직속 호위 『사도성』으로 발탁된 경력도 있었다. 마녀에 대한 전투 기술은 제국 최상위 중 하나로 손꼽힐 정도였다.

"그런데 제가 반드시 제압할 수 있다는 보장은 없어요. 만일의 경우는 대장님도 경계해주셔야 해요. 그만큼 위험한 상대니까."

이스카도 강력한 마녀와 싸울 때는 고전하기도 한다.

그중에서도 유독 선명하게 기억나는 것이 있었다. 유일하게 결판을 내지 못하고 무승부로 끝냈던 싸움.

……역시 앨리스지.

……그 실력은 완전히 격이 달랐으니까.

제국군이 『빙화의 마녀』라고 부르면서 경계하는 적.

한 소녀를 머릿속 한구석에 떠올리다가, 이스카는 몰래 고개를 흔들었다.

"그런데 미스미스 대장님. 만나기로 한 사람은 아직 안 왔나요?"

"어~ 나도 지금 찾는 중이야. 이 도시의 의원님이 제국군한테 가세해 달라고 요청을 해서, 그 사람과 만나기로 했는데."

두 사람은 두리번두리번 주위를 둘러봤다.

그런데 그때.

"린, 의원과 만나기로 약속한 곳은 여기였지?"

"네, 앨리스 님. 저 박물관이 이번에 피해가 난 건물일 겁니다. 그 건물 정면에서 만나기로 약속했어요."

다가오는 발소리.

그와 동시에 두 소녀가 조그맣게 대화하는 소리도 들렸다.

"성령술사 강도 사건이라니…… 정말 말도 안 돼. 성령의 힘을 악용하다니, 그런 녀석은 성령술사라고 할 자격도 없어. 그래서 세상 사람들이 우리처럼 무관계한 성령술사까지도 무서워하면서 『마녀』니 『마인』이니 하는 멸칭으로 부르는 거잖아."

"강도단은 황청에서 추방된 성령술사일 겁니다."

"용서할 수 없어. 황청의 성령술사가 다른 나라를 공격한다는 것은 중죄야. 황청의 왕녀로서, 내가 반드시 체포할 거야!"

격노한 것처럼 소녀의 목소리에 힘이 실렸다.

……어라? 이 목소리.

……어디서 들어본 것 같은데.

이스카에게는 왠지 모르게 익숙한 목소리였다.

"저기, 이스카 군? 나 지금 익숙한 목소리를 들은 것 같아."

마찬가지로 미스미스 대장이 이상하다는 듯이 고개를 갸웃거렸다.

이어서.

그 대장의 어깨가, 이쪽으로 걸어온 금발 소녀와 부딪쳤다.

"꺅?!"

"아, 미안해요! 내가 딴 데를 보느라……!"

미스미스 대장은 허둥지둥 고개 숙여 사과했는데, 실은 그냥 서로의 어깨가 살짝 스쳤을 뿐이었다.

"괜찮아요?"

"네, 걱정해주셔서 감사합니다. 저야말로 부주의했어요. 죄송해요."

금발 소녀가 사랑스럽게 인사를 했다.

나이는 이스카와 비슷할 것이다. 귀엽고 사랑스러운 그 얼굴과 건강하면서도 어른스러운 몸매가 멋진 조화를 이루고 있었다.

"그럼 이만 실례하…………?"

금발 소녀의 동작이 딱 멈췄다.

미스미스 대장이 아니라 대장 뒤에 있는 이스카를 보자마자,

얼어붙은 것처럼 멈춰 서버린 것이다.

"……어?"

"……아니, 설마."

한편 이스카도 금발 소녀를 보고 깜짝 놀랐다.

아는 사이.

아니, 그런 표현으로는 부족했다. 왜냐하면 자신과 이 소녀는, 여기서 멀리 떨어진 전장에서 진지하게 결투를 벌였던 적대관계이므로.

"앨리스?!"

"이스카————————?!"

동시에 상대에게 손가락질하면서.

이스카는 금발 소녀와 함께 서로의 이름을 크게 불렀다.

앨리스리제 루 네뷸리스 9세.

마녀의 낙원 「네뷸리스 황청」의 왕녀이자, 최강 클래스의 성령을 지닌 소녀였다.

별명은 「빙화의 마녀」.

제국의 군사기지를 혼자서 괴멸시킬 수 있는 강력한 힘을 가진 존재. 이스카가 목숨 걸고 싸웠는데도 유일하게 무승부로 끝내야 했던 전장의 라이벌이었다.

"……앨리스. 네가 왜 여기 있어?"

"그건 내가 할 말이야! 네가 왜 여기에…… 심지어 제국군 상관까지 같이 있잖아?!"

대장과 이스카의 모습을 본 앨리스는 눈을 휘둥그렇게 떴다.

또 미스미스 대장도, 이 엄청난 거물 마녀의 출현에 경악하여 말문이 막혀버린 상태였다.

——이건 위험하다.

아무리 이곳이 중립도시여도, 전장의 적들끼리 딱 마주쳐버린 것이다.

"물러나세요, 앨리스 님!"

시종 린이 앨리스를 보호하듯이 앞으로 나섰다.

강력한 성령술뿐만 아니라 호위병으로서의 체술(體術) 및 암살 기능까지 갖춘 소녀였다.

"……제국 검사. 또 나타났구나!"

살기를 숨기려고 하지도 않는 린.

"알았다, 넌 앨리스 님을 계속 쫓아다닌 거지? 좋아. 앨리스 님을 대신해서 내가 이번에야말로 네놈의 숨통을——."

"린, 기다려."

린이 스커트 속에서 나이프를 꺼내려다가 앨리스에게 제지를 당했다.

"이곳은 중립도시야. 상대가 제국이어도 전투는 금지야."

"하, 하지만……."

"이 도시에서는 안 그래도 성령술사가 사건을 일으켰잖아. 그런데 우리까지 소동을 벌이면 어떡해?"

"……알겠습니다."

"그러니까 이스카, 유감이지만 지금 너와 결판을 낼 시간은 없을 거야."

황청의 왕녀 앨리스는 아쉽다는 듯이 한숨을 쉬었다.

"제국 병사인 너에게는 자세히 설명할 수 없지만, 이 도시에서 골치 아픈 일이 생겼어. 나는 그 사건을 해결하느라 몹시 바빠."

"그거 혹시 저 박물관에서 일어난 강도 사건이야?"

"뭐?"

어리둥절하여 눈을 깜빡거리는 앨리스.

"그걸 네가 어떻게 알아?"

"나와 미스미스 대장님이 그 강도단을 붙잡아 달라는 의뢰를 받고 왔거든."

"……네가?"

네뷸리스 황청의 공주님이 뚫어지게 이쪽의 눈을 쳐다봤다.

"잠깐만, 그건 있을 수 없는 일이야. 아무리 중립도시여도 그렇지, 네뷸리스 황청과 제국 양측에 도움을 요청한다고? 전대미문이야!"

실제로 앨리스의 말이 옳았다.

왜냐하면 두 나라는 전쟁 중이니까. 그런 두 나라가 힘을 합쳐 강도단을 격퇴하라고 하는 것은, 너무 억지스러운 이야기였다.

"이스카, 잘 들어."

앨리스가 한 발 앞으로 나섰다.

"이건 성령술사에 의해 일어난 불상사야. 고로 당연히 성령술사 왕녀인 내가 직접 그 오명을 씻어내야 해. 네가 나서야 할 이유는 없어.”

“아냐, 있어.”

그런 앨리스에게 이스카는 당당하게 대꾸했다.

“이건 성령술사의 범죄잖아. 그렇다면 성령술사와의 교전 경험이 풍부한 우리 제국 병사가 도우러 오는 것은 당연한 일이야.”

“아니, 여기서 제국군이 명성을 얻게 놔둘 수는 없어!”

앨리스가 자신의 풍만한 가슴에 손을 대면서 말했다.

“이건 내가 받은 의뢰야!”

“하, 하지만! 그렇게 따지면 우리도 제국군 사령부를 경유해 정식으로 요청을 받아서 온 건데요?!”

그렇게 대꾸한 사람은 미스미스 대장이었다.

“그쪽이야말로 진짜 의뢰를 받은 거예요?”

“물론이지!”

이번에는 시종 린이 반론했다.

“그러는 너희들은 진짜로——.”

“아…… 잠깐만, 린. 저기 저 남자가 이번 의뢰인 아니야?”

앨리스가 린의 말을 가로막았다.

불탄 박물관에서 나타난 것은 양복 차림의 남성이었다.

아직 젊어 보이는 의원인데, 의원보다는 오히려 의원의 비서처럼 보이는 심약하고 착실한 느낌의 외모였다.

“오래 기다리셨지요? 저는 의원인 돈페리라고 합니다……!”

고개를 깊이 숙여 인사하더니.

그 남자가 처음으로 쳐다본 사람은 미스미스 대장이었다.

"안녕하세요. 어, 저⋯⋯."

"제국군에서 파견된 대장 미스미스입니다. 이 친구는 부하인 이스카 군이고요. 저희가 왔으니 이제 마음 푹 놓으세요!"

미스미스가 가슴을 활짝 폈다.

"저는 열심히 하지 않을 테지만, 제 부하인 이스카 군이 열심히 할 거예요."

"⋯⋯아니, 대장님도 열심히 하셔야죠?"

"하하하. 감사합니다. 그 여유로운 태도가 또 믿음직하네요!"

돈페리 의원이 즐겁게 말했다.

이어서 앨리스와 린을 돌아보더니.

"아, 안녕하십니까. 당신들은⋯⋯."

"네뷸리스 황청에서 왔습니다. 황청의 제2왕녀 앨리스리제라고 합니다."

앨리스가 예의 바르게 고개를 숙였다.

"이번에는 폐를 끼치게 되었습니다. 박물관 수리비나 부상자의 치료비 등, 모든 비용은 우리나라가 부담하도록 하겠습니다."

"왕녀님?! 아니, 그 네뷸리스 황청의 왕녀님이시라고요?!"

그의 눈이 휘둥그레졌다.

그러는 것도 이해가 갔다. 세계 양대 강국 중 하나인 네뷸리스 황청의 왕녀가 이런 변경 도시까지 몸소 행차하신 것이다.

게다가 그 왕녀가 엄청난 미소녀이니, 이렇게 흥분하는 것도 당연했다.

"안심하세요. 범인은 제가 책임지고 잡을 겁니다. 부디 마음 푹 놓으세요."

"영광입니다, 앨리스 왕녀님!"

굳은 악수를 나누는 의원과 앨리스.

그런 광경이 펼쳐지자.

"저기요, 잠깐만요──?!"

미스미스 대장이 의원과 앨리스 사이에 끼어들었다.

"이건 이상하잖아요?! 돈페리 씨, 당신은 저희 제국에 협력을 요청하셨죠?!"

"네, 물론입니다!"

힘차게 긍정하는 본인.

그러자 앨리스의 시종 린이 입을 열었다.

"돈페리 씨? 네뷸리스 황청에도 요청을 하셨다고 알고 있습니다만."

"네. 물론 성령술사 강도단을 체포해 달라고 요청했는데요…… 어라?"

드디어 뭔가 깨달았나 보다.

오른쪽에 있는 이스카와 미스미스 대장.

왼쪽에 있는 앨리스와 린.

양국에서 파견된 진영을 번갈아 보더니.

"제국. 황청······ 어, 이상하다? 비서 두 명에게, 우리를 도와줄 것 같은 나라에 응원을 요청하라고 지시했는데요. 아니, 설마."

"······린. 나 알 것 같아."

앨리스가 웬일로 쓴웃음을 지었다.

"이 사람에게는 비서가 두 명 있다고 했잖아. 강도단을 잡기 위해서 그 비서들이 닥치는 대로 여기저기 전력을 요청한 거야. 그렇게 초조해한 것도 이해는 가지만."

"네, 앨리스 님. 비서 한 명이 황청에. 또 다른 비서가 제국에 협력을 요청한 거군요."

"헉. 그건 좀, 위험한 게······."

아연실색한 표정으로 그렇게 중얼거린 것은 미스미스 대장이었다.

"그렇지? 이스카 군."

"이중 약속이네요. 그것도 진짜 최악의 상황입니다. 하필이면 우리 제국과 황청, 양쪽에 응원을 요청하다니."

"맙소사!"

의원의 얼굴이 즉시 새파랗게 질렸다.

"내 비서들이, 전쟁 중인 두 강대국을 한데 불러 모으다니······ 흐아아아악, 여기서 전쟁이 터지는 건가?!"

"아, 아뇨, 괜찮아요. 진정하세요."

황급히 의원을 달래는 이스카.

"이곳은 중립도시입니다. 제국과 황청이 만나더라도 전투는 금지되어 있어요."

"그…… 그런가요……?"

"네. 그 점은 저희도 잘 알고 있습니다."

이스카는 고개를 끄덕이면서 앨리스에게 눈짓했다.

──그렇게 하자.

──좋아. 이의는 없어.

앨리스도 납득한 얼굴로 수긍했다.

실은 이스카와 앨리스는 이미 중립도시에서 만난 적이 있었다.

그냥 만나기만 한 것이 아니라, 식사까지 함께한 사이였다.

……그때와 비슷한 상황이니까.

……이렇게 우연히 마주치는 것쯤은 익숙한 일이고.

중립도시에서는 서로 싸우지 않는다.

그것은 이스카와 앨리스에게는 그다지 특별한 일도 아니었다.

"그런데 중요한 문제가 남아 있어."

앨리스가 견제하는 듯한 눈빛으로 팔짱을 끼면서 말했다.

"누가 이 일을 맡을지. 그것은 확실하게 정하자."

"응, 물론이지."

이중 약속.

제국과 네뷸리스 황청 중 어느 한쪽은 양보해야 한다.

──앨리스(황청)가 물러나야 해.

──이스카(제국)가 물러나도록 해.

그런 두 사람의 시선이 부딪쳤다.

"이스카, 그거 알아?"

앨리스가 앞으로 나서면서 말했다.

"성령술사 강도단은 우리 황청에서 쫓겨난 자들로 구성되어 있어. 그들이 난동을 부렸다면, 왕녀인 내가 직접 체포해야 해."

"아니야. 흉악한 성령술사에 맞서 민중을 지키는 것은 우리 제국 병사의 의무야."

이스카도 한 발도 물러서지 않았다.

이번 행동은 사령부가 명령한 정식 임무이다. 물러설 수는 없다.

그리고 가장 중요한 것은——.

여기서 도망치면, 앨리스(이스카)와의 정신적 싸움에서 패배하게 될 것 같았다.

"…………."

"…………."

"……뭐, 어쨌든 여기서 시간을 낭비하는 것은 어리석은 짓이지."

앨리스가 한숨을 쉬었다.

"제국이 개입할 구실을 제공해버린 것은 우리 황청 측의 실수야. 그것은 인정해. 그러니까 최대한 양보해서, 정정당당한 경쟁을 제안할게."

"범인 잡기 시합을 하자는 거야?"

"그래. 단, 부하들을 아무리 잡아봤자 사건은 해결되지 않아. 리더를 잡아야 해. 조직의 우두머리를 붙잡은 사람이 공을 독차지한다. 어때?"

"난 그래도 상관없어. 어때요? 미스미스 대장님."

"응. 나도 괜찮아."

미스미스 대장도 납득한 것처럼 수긍했다.

현실적인 타협안이고, 이 정도면 제국 사령부의 명령을 위반했다고 할 수도 없을 것이다.

"좋아, 정해졌네."

앨리스가 앞머리를 가볍게 넘기더니 시선을 돌려 의원을 쳐다봤다.

"자, 의원님. 강도단이 어디로 갔는지 가르쳐주세요. 또 차도 준비해주세요. 운전은 린이 할 수 있으니 걱정할 필요 없습니다."

"네, 알겠습니다! ……그런데 차는 한 대밖에 없는데요."

"네?"

어리둥절해진 앨리스가 눈을 깜빡거렸다.

"그게 무슨 뜻이죠?"

"준비한 차가 특별한 장갑차라서, 저…… 참으로 송구합니다만, 한 대밖에 준비하지 못했습니다."

의원의 목소리가 점점 작아졌다.

"……설마 이중 약속이 되어 있을 줄은 몰랐거든요."

"와. 이거 곤란하네. 이스카 군, 어쩌지?"

미스미스도 난감한 듯이 팔짱을 꼈다.

"차는 한 대밖에 없다고 하고. 우리도 오늘은 여기까지 제국 버스를 타고 와서, 따로 차가 있는 것도 아니고……."

"당장 급하니 어쩔 수 없죠. 양쪽 다 양보할 마음이 없다면, 답은 하나밖에 없어요."

정면에 있는 앨리스를 봤다.

솔직히 말해서 이스카도 그런 상황이 불편하다는 것은 알았지만, 서두르지 않으면 강도단이 달아나버릴 것이다.

즉, 자동차 한 대에 사이좋게 동승하는 수밖에 없다.

"앨리스."

"……신기하네. 나도 똑같은 결론에 도달했는데."

담담하게 대답하는 앨리스.

그러나 그녀는 갑자기 좀 부끄러워하는 것처럼 고개를 반대쪽으로 홱 돌렸다.

"그, 그런데 이스카, 알지? 제국인인 너와 같은 차에 타는 것은, 이번이 처음이자 마지막이야!"

━━━━━━━

도시 케른 근교━━.

키가 큰 나무들이 늘어서 있는 삼림 지대. 그곳을 장갑차 한 대가 가로질러 갔다.

"이스카 군, 이쪽이지?"

"네. 오른쪽에 커다란 숲이 보이죠? 이 숲의 북쪽으로 강도단이 도망쳤다는 목격담이 있대요."

운전석에 앉아 있는 사람은 미스미스.

한편 이스카는 뒷좌석에 앉아 지도를 보면서 지시하는 역할이었다.

"숲속에 아지트가 있을지도 몰라요."

"그럼 이대로 북상하면 되겠네?"

미스미스 대장이 가볍게 핸들을 꺾었다.

그대로 기세 좋게 액셀을 밟으려고 하다가.

"⋯⋯저기, 그런데."

자신을 겨누는 나이프를 힐끗 보면서, 겁에 질린 목소리를 쥐어 짜냈다.

"⋯⋯속도는 올려도 되지?"

"허가한다."

나이프를 들이댄 장본인——린이 차가운 말투로 대꾸했다.

"단, 잊지 마라. 이 차에는 앨리스 님이 타고 계신다. 수상한 짓을 하면, 이 나이프가 네놈의 몸에 바람구멍을 뚫어줄 거다."

"안 하거든요?! 난 수상한 짓은 안 해!"

예상치 못한 이중 약속, 그 결과 예상치 못한 동승.

운전하는 사람은 미스미스 대장.

그 행동을 조수석에서 감시하는 것이 린. 그런 자리 배치였다.

"아야, 아프잖아?! 아까부터 당신 나이프가 자꾸 내 어깨에 닿는데?!"

"운전이 거칠어. 수상해. 너 뭔가 꾸미고 있는 거 아니냐?"

"그 나이프가 어깨에 닿으니까 아파서 그런 거야! 아아아아, 이스카 군, 도와줘! 네 상사가 위기에 처했어!"

"그야 당연히 도와드리고 싶은데……."

눈앞에서 대장이 하소연하고 있지만, 이스카도 움직일 수 없는 이유가 있었다.

뒷좌석——.

그렇다. 내 옆에는 우아하게 앉아 있는 금발 소녀가 있었다.

"저도 꼼짝도 못 하는 상황이에요."

"……그게 무슨 의미야?"

앨리스가 옆을 돌아봤다.

이 차는 대형차인데, 차체의 강도를 높이기 위해 장갑을 두껍게 만들어놓는 바람에 뒷좌석에는 딱 2인분의 공간밖에 없었다.

"앨리스, 좀 더 그쪽으로 갈 수 없어?"

"그건 내가 할 말이야. 너야말로 좀 더 그쪽으로 갈 수 있지 않아?"

"내 옆에는 검이 있단 말이야."

이스카는 검사였다.

항상 두 자루 검을 들고 다녔고, 이 자동차 안에서도 좌석 한구석에 세워놓았다.

"앨리스, 네 자리가 더 넓지 않아?"

"그건 아니야. 너랑 비슷해……. 자, 이거 봐!"

좌석에서 살짝 일어나는 앨리스.

자신이 앉아 있는 자리와 이스카의 자리를 비교해보려고 일어났는데, 바로 그 순간.

"앗! 차가 있네?!"

미스미스가 돌연 급브레이크를 밟았다.

그 반동으로 차가 심하게 흔들리자, 일어나 있던 앨리스가 이쪽으로 쓰러졌다.

"어?!"

"꺄악?!"

이스카에게 안기듯이 쓰러지는 네뷸리스 황청의 왕녀. 게다가 몸을 앞으로 숙이고 있었으므로, 앉아 있는 이스카의 얼굴에 풍만한 가슴을 밀착시키는 듯한 자세가 되었다.

이스카의 뺨에 뭔가 탐스러운 감촉이 느껴졌다.

"꺄아아아앗?! 이스카, 어디에 얼굴을 묻는 거야?!"

"네가 이쪽으로 쓰러진 거잖아?! 아무튼 일단 비켜봐……!"

자신을 덮친 앨리스의 몸을, 너무 난폭하지 않게 적당히 밀었다. 그러려고 했는데——.

이스카가 이어서 만진 것은, 앨리스의 스커트 밖으로 튀어나온 허벅지였다.

"이번에는 또 어딜 만지는 거야?!"

"아냐, 오해야!"

"그럼 이 네 손은 뭔데?!"

얼굴이 귀까지 새빨개진 앨리스.

절세의 미소녀라고 해도 과언이 아닌 이 사랑스러운 소녀의 모습을 코앞에서 본다면, 앨리스가 마녀란 것을 믿는 제국인이 과연 누가 있을까.

　단, 이스카는 그런 감상에 젖을 여유가 없었다.

　"이스카, 이 바보야! 엉큼해!"

　"앨리스, 네가 이쪽으로 쓰러져서 받아준 거거든?!"

　"그것과 이것은 별개의 문제지!"

　뒷좌석에서 울려 퍼지는 비명과 절규.

　그런데.

　"이스카 군, 좀 조용히 해봐."

　"앨리스 님, 이곳은 강도단이 관리하는 영역입니다. 아무리 차 안이어도, 큰 소리를 내서 바깥까지 들리기라도 하면 곤란합니다."

　"……네."

　"……알았어."

　두 진영의 따가운 눈총을 받고.

　이스카와 앨리스는 서로 얼굴을 마주 보았다.

　"너 때문에 린한테 혼났잖아."

　"앨리스 때문에 대장님한테 혼났어."

━━━━━━

어두운 숲의 입구에서.

"린, 이 차가 맞지?"

"네, 앨리스 님. 십중팔구 범죄자들이 도주하는 데 사용한 차량일 겁니다."

나무 그늘 속에 세워둔 자동차를 가리키는 앨리스와 린.

이 차를 발견했기 때문에 미스미스 대장은 급브레이크를 밟았던 것이다.

"공을 세우셨네요. 역시 대장님은 훌륭해요."

이번에는 이스카도 감탄했다.

이토록 교묘하게 감춰져 있는 것을 정확히 발견했으니까.

"용케 찾으셨네요. 이런 나무 그늘 속이고, 심지어 수풀로 가려져서 거의 보이지도 않는데."

"에헤헤. 그건 오랜 경험 덕분이라고나 할까?"

미스미스가 쑥스러워하면서 웃었다.

"어, 알다시피 제도는 주차 요금이 비싸잖아. 남들 눈에 띄지 않는 곳에다 불법주차를 하는 것이 내 특기거든. 어디에 차를 숨길지 저절로 알게 된다니까."

"아주 질 나쁜 경험이잖아요?!"

"아, 아냐, 이제는 안 해. 젊은 날의 실수였어."

"……정말이죠?"

어쨌든 공은 공이었다.

강도단도 이 차가 발견될 거라고는 상상도 못 했을 것이다.

"린, 이 숲속에 있는 걸까?"

"네. 아지트를 은폐하기 딱 좋은 장소입니다. 그런데 아지트를 찾는 것은 힘든 작업일 것 같네요."

울창한 초목이 앞을 가려서 몇 미터 떨어진 곳조차 잘 보이지 않았다.

여기서부터 아지트를 찾아내려면, 차근차근 숲을 탐험해서 찾는 수밖에 없을 것이다.

"──이스카, 알지?"

툭 튀어나온 바위를 밟으면서.

빙화의 마녀 앨리스는 고요한 숲의 심부에서 이쪽을 돌아봤다.

"담합은 여기까지만 하자. 이곳은 중립도시 바깥이야. 나와 너는 적이니까. 서로 협력하는 것은 불가능해."

적국의 왕녀로서의 강경한 말투.

"그렇지?"

"그래."

그 눈빛을 똑바로 받아냈다.

오히려 이스카야말로 언제 그 말을 꺼낼까 고민하고 있었다. 노리는 목표물은 같지만, 우리는 결코 협력을 원하는 것은 아니었다.

여기서부터는 경쟁하는 것이다.

"아까 이야기한 대로야."

앨리스는 나무들 사이의 천연 동물길을 가리켰다.

"재보를 훔친 강도단은 이 숲속 어딘가에 있을 거야."

"알아. 리더를 잡은 진영이 공을 독차지한다는 거잖아?"

승자가 모든 것을 손에 넣는다.

강도단을 체포한 현상금과 명예를 독차지할 수 있다는 뜻이다.

"여기서 헤어지자."

"좋아. 그럼 우리는 오른쪽 길로 갈게."

이스카는 미스미스 대장에게 눈짓하고, 오른쪽으로 이어지는 동물길을 걷기 시작했다.

"린, 가자. 우리는 왼쪽을 찾는 거야."

앨리스와 린은 왼쪽으로 갔다.

두 소녀가 수풀 속으로 사라졌다.

"……그래. 슬슬 본격적인 임무가 시작되는 거구나!"

긴장한 표정으로 미스미스 대장이 총을 뽑았다.

제국군의 테이저건이었다.

이번에는 강도단 체포가 목적이므로 전기총을 가져온 것이다. 그래도 제국군 무기인 이 총은 전투용으로 출력을 한계까지 끌어올린 것이었다.

근거리에서 쏘면 일격에 곰조차 기절시킬 수 있는 무기였다.

"이스카 군, 미리 말해둘게."

"네."

"뒤에서 널 쏠지도 몰라. 미안."

"그게 무슨 소리예요?!"

"아니 그게, 난 말이지. 당황하면 총의 조준이 엉망이 되거든."

"……쏘기 전부터 변명하지 마세요."

그런데 실은 웃어넘길 만한 일이 아니었다.

실제로도 전장에서 발생하는 희생자의 약 30%는, 뒤에 있는 아군의 엄호사격에 의한 것이라는 데이터도 있기 때문이다.

"이 총은 제가 맡아둘게요."

"아, 아앗?!"

"대장님은 이미 충분히 공을 세웠어요. 강도단의 차를 발견했잖아요."

나뭇가지를 치우고 어두운 숲속을 걸어갔다.

"이제부터는 제가 활약할 차례예요. 리더를 체포하려면 우선 아지트부터 찾아야 해요."

"그 두 사람보다 먼저. 그렇지?"

"저쪽이 먼저 아지트를 발견하면, 틀림없이 리더도 먼저 체포할 거예요."

"……응, 그렇겠지. 빙화의 마녀니까."

제국군 기지를 단독으로 괴멸시킨 일화——.

그 일화의 주인공이 바로 앨리스였다. 마녀들의 강도단 따위는 결코 앨리스의 적수가 되지 못한다.

"좋아, 그럼 기합을 넣고 열심히 하자!"

미스미스 대장이 수풀을 헤치며 나아갔다.

"이스카 군도 조심해. 여기가 아지트 주변이라면, 함정이 설치

되어 있을지도 몰라!"

"대장님, 눈앞에 뾰족한 나뭇가지가 있는데요."

"뭐? 아, 아야──?!"

포크 끝처럼 날카로운 나뭇가지가 귀여운 여대장의 이마를 쿡 찔렀다.

"어휴, 발밑만 보고 다니니까 그렇죠."

"아우으으으으……."

울상을 지으며 따라오는 미스미스 대장.

그러다 갑자기 여대장이 멈춰 서서 눈을 깜빡거렸다.

"아, 저기. 이스카 군."

"대장님, 나뭇가지 조심하세요."

"아니, 그게 아니라. 저기 봐. 저 진갈색 천. 텐트 아니야?"

"네?"

대장이 가리킨 곳을 자세히 봤다.

그러자 빽빽하게 자라난 나무들의 줄기 사이로, 위장색 돔형 텐트가 정말로 언뜻 보였다.

──낯익은 것이었다.

네뷸리스 황청에서 사용되는 게릴라전 야영 텐트였다.

강도단의 아지트가 틀림없었다.

"와. 대장님, 굉장해요……."

"그렇지?! 이것도 불법주차로 단련한 넓은 시야 덕분이야."

"그건 좀……. 아무튼 이거 위험한데요. 예상보다 훨씬 큰 집단일지도 몰라요."

테트의 숫자는 다섯 개.

총 14~15명 정도일까?

네뷸리스 황청의 정식 성령 부대 하나에 필적하는 규모였다.
제압 불가능한 인원수는 아니지만, 부하들을 상대하는 사이에 리
더는 도망쳐버릴 가능성이 있었다.

……어쩌지.

……잠시 상황을 살펴보는 것이 무난할까?

나무 그늘 속에 숨어서 기회를 엿봤다.

그런 이스카와 대장의 눈앞에서 수풀이 크게 흔들렸다.

"앨리스 님, 찾았습니다. 강도단의 아지트가 틀림없어요."

"잘했어, 린. 역시 내 시종다워!"

소녀 시종.

이어서 화려한 옷을 입은 금발 소녀가 수풀 속에서 얼굴을 내
밀었다.

"이스카도 아직 안 왔지? 이런 건 무조건 먼저 하는 사람이 이
기는 거야!"

"그런데 앨리스 님, 예상보다 더 강도단의 규모가 커 보입니다."

주인 앞에 있는 린이 보호색 텐트를 신중하게 관찰하는 듯했다.

"상황을 좀 지켜볼까요?"

"아냐, 돌격하자."

당당하게, 그러면서도 한없이 우아하게 수풀 속에서 앨리스가

뛰쳐나갔다.

"이스카에게 질 수는 없어. 그가 여기 오기 전에———."

"이미 와 있어."

"응, 와 있………… 어엇, 이스카?!"

앨리스가 흠칫 놀라면서 후퇴했다.

"윽…… 제법이네. 좋아, 그럼 약속한 대로 리더를 붙잡는 쪽이 이기는 거야. 물론 부하도 전부 붙잡아야 해, 알지?!"

"알아."

"자, 싸워보자, 이스카!"

숲속에 울려 퍼지는 앨리스의 선언.

아지트에 있는 강도단한테도 들릴 만한 성량이었다.

"이 소리는 뭐야?!"

"도시의 추격자가 왔나?!"

텐트에서 뛰쳐나오는 마녀들과 마인들.

그 팔뚝과 뺨 등에 있는 얼룩은 「성문(星紋)」———제국에서는 불길함의 상징이며, 마녀와 마인이 무서운 괴물처럼 취급당하게 된 원인이기도 했다.

그런 마인을 향해 이스카는 망설임 없이 정면으로 돌진했다.

"제국 병사?!"

남자의 어깨에 진홍색 성문이 떠올랐다.

불꽃의 성령. 그걸 힐끗 본 이스카는 대지를 박차고 말없이 가속했다. 바위를 뛰어넘고 허공으로 몸을 던지면서 마인의 머리 위로 날아갔다.

"업화여, 눈을 떠라!"

허공에 생겨난 무수한 불꽃.

그것들이 전부 응축되어 거대한 구체로 변하더니, 이스카의 머리 위로 쏟아져 내렸다.

이것이 성령술. 진짜 마법과도 같은 능력에 의해서 생성된 거대한 불덩어리가――.

"소용없어."

까만색 검의 섬광.

이스카가 손에 쥐고 있는 검을 한 번 휘둘러서 그 불덩어리를 없애버렸다.

"성령술을…… 절단하다니?!"

"베지 못할 성령술은 없어."

이스카는 흩어지는 불티들을 뚫고 적의 품으로 파고들었다.

"네 이놈――!"

"늦었어."

이어서 말할 틈도 주지 않고, 이스카는 팔꿈치로 마인의 가슴팍을 찔렀다.

바닥에 쓰러지는 남자.

그와 동시에 이스카의 등 뒤에서는 마녀들의 비명이 숲속에 울려 퍼졌다.

"앨리스리제 님?!"

"……어, 어째서, 여기 있는 거죠?!"

경악이 아니었다.

마녀들의 창백해진 얼굴에 떠오른 감정은 공포였다.

──전신 동결.

마녀들 세 명이 하나같이 목 아래쪽은 온통 거대한 얼음덩어리로 뒤덮여서 꼼짝도 못 하는 상태로 구속되어 있었다.

"미리 말해둘게. 난 몹시 화가 났어."

격정이 깃든 목소리였다.

빙화의 마녀로서 제국군에 공포의 대상이 되어온 「마녀 공주」가, 행동 불능 상태가 된 마녀들을 힐끗 보더니 앞으로 나아갔다.

"성령의 힘을 악용하는 것은 용서할 수 없어. ……내가 온 이상, 절대로 도망칠 수 없다는 것은 알아둬. 또 한마디 하자면 난 지금 부하들을 상대할 여유가 없어."

앨리스가 바라보는 대상은 마녀들이 아니었다. 제국 검사였다.

그녀가 세 명의 마녀들을 얼음덩어리로 만드는 동안에 이스카는 두 명을 더 쓰러뜨렸다.

이스카가 세 명.

앨리스가 세 명.

마녀와 마인 선발대가 눈 깜짝할 사이에 괴멸되었다.

"실력이 여전하구나, 이스카. 하지만 더 이상은 한 명도 양보해주지 않을 거야."

"이건 경쟁이잖아?"

광범위라는 의미에서는 앨리스의 성령술이 더 유리했다.

그러나 그걸 따라잡고도 남는 것이, 바람처럼 숲을 질주하는 이스카의 운동능력이었다.

"울부짖어라, 뇌명이여!"

"그것도 늦었어."

앨리스와 이스카 두 사람을 공격하는 번개 화살. 그것을 이스카가 한꺼번에 칼로 쳐냈다.

인간의 반응속도의 한계를 초월한 검술로 성령술을 모조리 베어버리면서, 이스카는 마인을 향해 돌진했다.

그런데 그때.

"늦은 사람은 너야."

이스카보다 한발 앞서서 앨리스가 발사한 얼음이 강도단의 남자 멤버를 구속했다.

"자, 나는 네 명 잡았어."

"치사하잖아?! 성령술을 제거한 사람은 나인데!"

"적을 붙잡은 사람은 나야. 원래 먼저 하는 사람이 이기는 거야, 알지?"

아하하 하고 장난스럽게 웃는 앨리스.

그 웃음은——.

증오스러운 전장의 적에게 보여주는 웃음이란 것이 믿어지지 않을 정도로 순수하게 즐거워하는 웃음이었다.

"아, 이스카. 다음 적이 온다. 검을 들어."

"윽…… 아까부터 너무 비겁한 거 아냐? 앨리스!"

날아오는 성령술은 이스카가 모조리 칼로 쳐내고, 그 틈에 앨리스가 마녀들을 얼린다.

참으로 완벽한 협동 전투였다. 단, 이스카 입장에서는 자꾸만 공을 빼앗기는 상황이었다.

"아앗, 내 타깃이……!"

"어머, 뭐야? 이건 경쟁이야. 힘을 합쳐 싸우는 게 아니라."

이스카의 뒤를 쫓아가면서 앨리스가 신나게 말했다.

"난 여섯 명을 해치웠어. 이스카는 여전히 세 명이네?"

"아니, 결국 리더를 체포한 사람이 이기는 거잖아?"

계속해서 앨리스 앞을 달리는 이스카.

운동능력은 압도적으로 자신이 우월하니까, 리더를 발견해서 추적하는 것도 당연히 자신이 유리하다.

고로 앨리스보다 먼저 리더를 발견해 붙잡으면 된다.

그런데.

"이상하네. 리더가 없잖아……?"

이곳에 세워진 다섯 개의 텐트. 그 한가운데에 멈춰 서서 앨리스가 주위를 둘러봤다.

"목격된 리더는 검은 머리 여자 성령술사라고 했어. 아직 10대일 거라고 했고. 하지만 지금까지 해치운 녀석 중에 그런 사람은 없었어."

"이쪽도 마찬가지야. 텐트 안에는 없어."

이스카가 텐트의 천을 찢고 안을 들여다봤지만, 그곳에도 리더는 없었다.

아지트 안에도, 밖에도 없다고?

"이스카 군, 오른쪽이야!"

"앨리스 님, 텐트 뒤에서 숲속으로 뛰어갔어요!"

멀리서 미스미스 대장과 린의 목소리가 멋지게 겹쳐져 들려왔다.

"저쪽인가?!"

어두운 수풀을 헤치고 도망치는 검은 머리 마녀.

그 뒷모습은 나뭇잎과 수풀에 가려져서 이제는 거의 보이지도 않았다.

······큰일 났다.

······이렇게 앞이 잘 안 보이는 숲이다. 여기서 놓치면 추적은 불가능할 것이다.

쫓아가고 싶어도 거리가 너무 멀었다.

"이스카, 뛰어!"

그 소리는 등 뒤에서 났다.

성령술사 왕녀 앨리스의 기품 있는 맑은 목소리가 울려 퍼졌다.

"──빙화, 『백야의 신전』."

시야가 새하얗게 물들 정도로 엄청난 눈의 돌풍이 순식간에 지면을 얼리기 시작하면서 얼음 대지로 바꾸었다.

초목으로 뒤덮인 지면을 얼려버린 그 냉기는 그보다 더 먼 곳으로──지금 도망치고 있는 마녀를 향해 날아갔다.

"……얼음?!"

얼어붙은 초목을 본 소녀 리더는 눈을 휘둥그렇게 떴다.

얼음 덩굴에 발이 걸려 넘어졌다.

그러나 그 소녀도 어엿한 마녀였다. 더구나 강도단의 리더였다.

"……바람아, 부숴라!"

자기 다리를 휘감은 얼음 덩굴을 회오리바람으로 산산조각 내고 허둥지둥 몸을 일으켰다.

그 순간──.

"끝이다."

"뭐?"

무서운 속도로 덤벼드는 제국 검사.

탁…….

기계적인 정밀도로 날아온 이스카의 손날이 마녀의 후두부를 가격했다.

앨리스의 얼음 성령술은 처음부터 발목 잡기 용도였다.

고작 몇 초라도 상관없다. 이 여자의 움직임을 막으면, 이스카는 반드시 따라잡을 수 있을 것이다. 그 철석같은 믿음을 바탕으로 순간적인 기지를 발휘한 것이었다.

"해치웠어?"

"응, 기절했어."

소녀 리더도 해치웠고 강도단은 괴멸됐다.

그렇다. 보통은 여기서 이야기가 「해피엔드」로 끝나야 할 것이다.

"역시 나는 유능해! 리더도 잡았고, 이걸로 사건은 해결한 거지?!"

"잠깐만."

승리 선언을 하는 앨리스. 그러나 이스카가 이의를 제기했다.

"리더를 붙잡은 사람은 나잖아? 도망치는 리더에게 최후의 일격을 가했으니까."

"무슨 소리야? 이거 봐."

앨리스가 얼음 대지를 가리켰다.

"리더의 도주를 막은 것은 나의 성령술이야. 내가 없었으면 리더를 체포하는 것은 불가능했을 거야. 즉, 이것은 나의 공적이고. 이번 시합에서도 내가 이긴 거야!"

"실제로 붙잡은 사람은 나야. 앨리스, 네가 붙잡은 것은 아니잖아?"

"뭐라고?!"

"왜, 뭐가 잘못됐어?"

"————아니. 맞아, 그랬지."

앨리스가 우아한 손짓으로 앞머리를 가볍게 걷어냈다.

"네뷸리스 황청의 왕녀인 나에게 겁도 없이 대드는 제국 병사. 그것이 너의 장점이기도 하고, 내가 너에게 질 수 없는 부분이기도 했어."

"······그래서?"

"결투하자!"

앨리스가 삿대질하면서 소리쳤다.

"나와 너의 재결투. 무승부로 끝났던 그때 그 싸움을 이어서 하는 거야!"

"좋아."

"마침 잘됐어. 이번에야말로 누가 한 수 위인지 가르쳐줄게."

쌍검을 들어 올리는 이스카.

이에 대해 똑같이 전투태세를 취하는 앨리스.

""다시 싸우자——.""

"이스카 군!"

"앨리스 님!"

미스미스 대장과 린의 외침이.

당장 격돌하려는 두 사람의 기백을 가볍게 물리쳐버렸다.

"이스카 군, 도시에서 추가 토벌대가 왔어. 좀 늦었지만."

"앨리스 님? 무슨 일 있으세요?"

"아, 아냐, 아무 일 없어!"

이쪽으로 뛰어온 린을 향해 앨리스는 황급히 손을 흔들었다. 그리고 마지못해 뒤로 물러났다.

이어서 이스카를 가만히 쳐다보더니.

"··········연기하자. 방해자가 있으니까."

아쉬운 듯이.

마치 기대했던 소풍이 비 때문에 연기됐음을 알게 된 어린아이 같이. 불만스러운 표정으로 속상한 것처럼 조그맣게 중얼거렸다.

"이번 시합은 무승부야. 강도단은 도시 자경단에 넘기고, 그쪽에서 재판을 받게 할 거야. 자, 린. 돌아가자."

"앗, 잠깐만요. 앨리스 님."

린이 주인을 불러 세웠다.

"아직 할 일이 남아 있습니다. 강도단 체포 현상금의 수령 절차를 밟으셔야죠."

"필요 없어."

앨리스가 고개를 돌렸다.

정면에 있는 이스카를 보면서. 금발 마녀는 살짝 쓴웃음을 지었다.

"이 강도단은 황청의 책임인걸. 그 범죄로 인한 손해를 현상금으로 메우고 싶은데, 괜찮을까?"

"……그 절차를 나더러 밟으라는 말처럼 들리는데."

"난 왕녀라서 그런 작업에는 익숙하지 않아. 게다가——."

발소리가 점점 가까워졌다.

그들을 도우러 온 토벌대가 다가오는 기척을 느끼면서.

"중립도시는 그렇다 쳐도, 그 외의 장소에서 우리가 더 이상 함께 있는 것은 곤란해. 우리는 적이니까."

비단실 같은 금빛 머리카락을 휘날리며.

빙화의 마녀 앨리스가 빙글 돌아섰다.

"……그러니까, 조금 아쉽지만, 오늘은 이만 가볼게."

그 옆얼굴이.

한순간 이쪽을 향해 윙크했다.

"다음에 또 봐, 이스카. 그때는 꼭 전장에서 만나자."

"……그래."

시종을 거느리고 떠나간다.

그런 왕녀의 뒷모습을 이스카는 끝까지 가만히 바라봤다.

그리고──.

별의 운명에 의해 두 사람은 또다시 만나게 되는데.

이 이야기의 뒷부분은 다음 기회에.

File.02

너와 나의 최후의 전장,
혹은
격돌이 불가피한 군사 훈련?

the War ends the world /
raises the world
Secret File

봄.

꽁꽁 얼어붙는 겨울 추위도 끝나고, 꽃이 피어나는 계절.

벚꽃잎이 흩날리고 새가 노래한다.

이 가슴 설레는 계절에——.

"싫어어어어어어어어어!"

제도 융메룽겐.

세계 최대 군사 국가 「제국」의 제3기지에서 미스미스 대장이 비명을 질렀다.

"가기 싫어, 부트캠프 타원 가기 싫다고!"

회의실 바닥에 드러누워 '싫어! 싫어!' 하고 양팔을 휘두르는 필사적인 저항.

마치 학교 가기 싫어서 떼쓰는 어린아이처럼, 수치심도 체면도 다 내팽개치고 온 힘을 다해 저항하는 것이었다.

"미스미스 대장님, 진정하세요."

"……이스카 군."

"그렇게 무서워하지 마시고. 자, 일어나요."

제국 검사 이스카는 그런 상사에게 손을 내밀면서 온화한 어조로 말을 걸었다.

"창밖을 보세요. 정말 상쾌한 푸른 하늘이잖아요? 봐요, 기지 저 너머에서도 새가 날아가고 있어요. 아주 멋진 계절 아닌가요?"

"으, 응."

"바야흐로 봄이에요. 대장님, 이 계절의 대표적인 이벤트가 뭐라고 생각하세요?"

"……꽃놀이?"

"제국군의 봄 이벤트는, 누가 뭐래도 부트캠프입니다."

"싫어어어어어어!!"

안 먹히네.

봄의 대명사인 것처럼 포장해보려고 했는데, 부트캠프라는 단어에 대한 거부반응이 일어나는 것 같았다.

"반응이 너무 과하시네요. 훈련이라고 해봤자 잠수함이나 항공기 연습 같은 것도 아니고, 그저 열심히 뛰거나 근력 운동을 하는 기초 훈련이잖아요."

"그게 나한테는 제일 자신 없는 분야란 말이야. 이스카 군도 다 알면서……."

풀 죽은 미스미스 대장.

이래 보여도 스물두 살 난 어엿한 성인인데, 애티 나는 동안이기도 하고 키도 작으니까 아마 초등학교를 갓 졸업한 아이인 척해도 들키지는 않을 것이다.

"저기요, 대장님. 신체 측정 결과는 제국군 입대 기준 턱걸이였던가요?"

"응. 양말 속에 2cm 깔창을 집어넣고 통과했어."

"그건 규칙 위반이잖아요?!"

"그때는 내 키가 더 자랄 줄 알았지. 그런데 이스카 군, 문제는 그게 아니야!"

바닥에 누운 채 미스미스가 자기 자신을 가리켰다.

"제국 군인은 전부 다 덩치도 크고 근육도 장난 아니잖아? 하지만 그렇게 튼튼한 사나이조차도 탈락하는 것이 제국군 부트캠프라고. 그런데 이토록 작은 내가, 그걸 하면 어떻게 될 것 같아?!"

"……그 고충은 이해해요."

부트캠프──.

일반적으로 『기본 전투 훈련(BTC)』이라고 불리는 이 훈련은 해마다 수많은 제국 군인을 공포에 떨게 만드는 것으로 유명했다.

"이스카 군한테는 별것도 아닐 테지만."

"아니에요. 저도 입대 당시에는 지옥을 경험했어요."

제국 최강의 검사 밑에서 수련한 이스카조차도 입대 당시의 BTC에서는 하마터면 좌절할 뻔했었다.

양손을 구속당한 채 수영장에 빠지기도 했고, 최루가스로 가득 찬 가스실에서 가스마스크 없이 2분 동안 자기소개를 하라는 명령을 수행하다가 호흡곤란으로 쓰러진 적도 있었다.

그 정도로 무지막지한 훈련이다.

"하지만 다행히 우리 기구 Ⅲ사의 병사들은 부트캠프도 일주일이면 끝나잖아요?"

"그래도 싫어어어어어!"

미스미스 대장의 비명이 또다시 울려 퍼졌다.

그 직후.

"이스카, 그냥 내버려 둬. 늘 있는 일이잖아."

회의실 구석의 파이프 의자에 편하게 앉아 있는 은발 저격수 진이 이쪽을 돌아봤다.

"여름에 매미가 우는 것과 똑같아. 봄의 부트캠프를 앞두고 보스가 징징거린다. 그건 일상적인 일이야."

"아~ 진 오빠, 그런 비유는 좀 너무하지 않아? 매미와 대장님을 똑같이 취급하다니."

진의 옆에 있는 소녀가 말했다. 빨간 머리카락을 포니테일 스타일로 묶은 네네였다.

전원 집합.

미스미스 대장과 그 부하인 이스카, 진, 네네. 이렇게 네 명이 제907부대의 구성원이었다.

"이거 봐, 진 오빠."

네네가 아직도 바닥에 누워 있는 미스미스 대장을 가리켰다.

"매미가 우는 것은 진취적인 노력이야. 훈련하기 싫어서 엉엉 우는 미스미스 대장님과는 하늘과 땅 차이라고. 그걸 똑같이 취급하다니, 매미가 불쌍해!"

"네네야, 너무한 거 아냐?!"

이건 역시 충격이었나 보다. 미스미스가 벌떡 일어났다.

"……어휴, 알았어. 부하가 그렇게까지 말한다면 나도 어쩔 수 없지. 이스카 군, 그 부트캠프는 언제부터야?"

"아, 네. 좀 전에 연락이 왔어요."

이스카는 주머니에서 통신문을 꺼내 대장에게 건네줬다.

"내일부터입니다."

"농담이지?!"

"원래 매년 기습적으로 정해지잖아요."

"아무리 그래도 그렇지, 진짜 너무해……. 아아, 난 이번 주 휴일에 스케줄 잡아놨는데."

미스미스가 하늘을 우러러봤는데——.

그때 회의실 문이 벌컥 열렸다.

"시끄러워요오오오! 옆 회의실까지 비명이 다 들리잖아요! ……아, 누군가 했더니. 미스미스 대장이었네요."

안경을 쓴 검은 머리 여대장이 쳐들어왔다.

안경 너머로——.

더없이 성실해 보이는 여대장이 미스미스를 보자마자 히죽, 하고 심술궂게 웃었다.

"잘 지냈어요? 미스미스. 오늘도 한층 더 한심한 얼굴을 하고 있네요."

"아, 피리야. 잘 지냈어?"

"내 이름은 피리가 아니에요!"

피리에 커먼센스 대장.

미스미스보다 한 살 어린 스물한 살. 이제 막 대장이 된 젊은 여군이었다.

제도의 상류 가정 출신답게 청초한 아가씨라는 표현이 잘 어울렸다. 단, 결점이 있다면 이 거만한 태도일 것이다.

"미스미스, 소문은 들었어요. 당신은 지난번 캠프에서도 아슬 아슬하게 낙제를 면했다면서요?"

안경 코걸이를 쓱 밀어 올리는 피리에 대장.

미스미스의 온몸을 머리끝에서 발끝까지 가만히 살펴보더니.

"기가 막히네요. 정례 회의에서 한 발언도 신통찮고, 각 능력 시험도 매번 턱걸이로 통과하잖아요. 특히 그 어린애 같은 외모. 정말이지, 대장의 위신과 관련된 문제 아닌가요?"

"으음~ 그런가?"

피리에 대장의 가차 없는 언어폭력. 그러나 미스미스는 동요하지 않았다.

"어, 피리야. 그런데 말이지."

"네?"

"그러는 너도 작년 부트캠프에서는 나와 함께 들것에 실려 나가지 않았어?"

"윽?!"

"게다가 키도. 이거 봐, 나랑 별 차이도 안 나잖아."

두 사람의 키는 거의 비슷했다.

미스미스의 키는 이스카의 가슴 높이 정도밖에 안 되었지만, 피리에 대장도 그에 못지않게 몸집이 작았다. 요컨대 도토리 키 재기였다.

"있잖아, 이스카 오빠."

두 대장을 번갈아 보면서 네네가 슬쩍 귓속말했다.

"피리에 대장님은 미스미스 대장님한테 신경을 많이 쓰는 것 같지?"

"응. 동족 혐오, 아니, 라이벌 의식이 있는 게 아닐까?"

피리에 커먼센스 대장——.

병사의 능력을 따진다면 그녀는 매우「평범한」인물이었다.

운동능력은 평균 미만. 사격과 기계 조작도 못하는 편. 단점이 미스미스와 무척 비슷했다.

단, 결정적인 차이점은 엘리트 의식에 의한 그녀의 강력한 출세욕일 것이다.

"제국 사령부에 들어가서 출셋길에 오르려고, 틈만 나면 군인 간부에게 부탁하러 다닌다는 것은 유명한 이야기잖아."

그렇게 조용히 중얼거린 사람은 진이었다.

"우리 보스를 비웃을 처지가 아닐 텐데. 쓸데없이 발버둥 쳐봤자, 그런 평범한 성적으로는 사령부에 들어가는 것은 불가능해."

"펴, 평범하다니, 뭐가요?!"

진의 한마디에 피리에 대장이 못 참겠다는 듯이 휙 돌아봤다.

"물론 내 능력이 부족한 것은 사실이에요. 하지만 내 성적은 평균보다 조금 낮은 수준. 그리고 미스미스는 평균 미만. 이 차이는 하늘과 땅만큼이나 엄청난 차이예요!"

"똑같은 것처럼 들리는데요……."

"달라요!"

이스카의 반응에도 착실하게 대꾸하는 피리에 대장.

"나 참…… 정말로 믿을 수가 없네요. 왜 이렇게 무능한 대장과 사도성인 리샤 선배님이 사이가 좋은 걸까요."

"그야 뭐, 동기이자 친구니까."

"그게 믿어지지 않는다는 거예요!"

피리에 대장이 곧게 뻗은 손가락으로 미스미스를 가리켰다.

"사도성은 천제 폐하께서 선택하신, 우리 군대에서 최고로 명예로운 존재예요. 그런데 어떻게 당신 같은 사람이 그분과 친한 거죠? 도저히 이해가 안 돼요."

"피리야. 너무 거창하게 생각하는 거 아냐?"

"거창? 말도 안 돼요. 사도성의 친구라니, 그토록 강력한 후원자가 있으면 사령부에도 쉽게 추천받아 들어갈 수 있잖아요?"

정말 부럽네요──.

피리에는 그렇게 작게 중얼거리더니 천장을 쳐다봤다.

"리샤 선배님처럼 크게 출세한 여자 간부는 없어요. 그야말로 이상적인 엘리트 군인이죠. 그분을 모시는 것이 내 꿈이에요! ……아아, 리샤 선배님. 부디 저를 부하로 삼아주세요. 그리고 사령부에 들어갈 수 있게 추천해주세요!"

바로 그때.

회의실 문이 또다시 열렸다.

"안녕~? 미스미스. 잘 지냈어?"

"리샤 선배님?!"

피리에가 펄쩍 뛰었다.

리샤 인 엠파이어——.

영리하고 단정해 보이는 외모와 모델만큼이나 큰 키가 눈에 띄는 여자 간부.

미스미스와 동기라서 아직 젊은데도 이례적인 속도로 계속 승진해서, 이례적인 속도로 최고위인 「사도성」 자리를 차지한 인재였다.

"미스미스, 이스캇치, 진진, 네네땅. 좋아, 제907부대 네 명은 다 모여 있네……. 어?"

이스카를 비롯한 네 명을 둘러보고 나서, 그곳에 있는 다섯 번째 인물인 여대장에게 눈길을 준 리샤.

"어머나. 피리잖아?"

"영광입니다, 리샤 선배님! 저를 만나러 와주신 거죠?!"

"아니야."

가볍게 부정했다.

"애초에 나는 피리의 선배님이 된 기억이 없는데?"

"네?! 아니, 저는 이토록 리샤 선배님을 사모하는데요. 미스미스 같은 대장보다는, 제가 모든 면에서 더 우수해요."

"하지만 음흉한 속내가 다 보이는걸."

빤히.

차가운 눈빛으로 피리에 대장을 바라보더니. 리샤가 한숨을 푹 내쉬었다.

"나를 사모한다고 하는 것도, 결국 사령부에 추천해주길 바라

면서 그러는 거잖아?"

"으윽?!"

"그에 비해 미스미스는 어떤지, 자, 이거 봐!"

어리둥절해진 미스미스를 뒤에서 와락 끌어안는 리샤.

"제국군을 대표하는 무능한 대장이지만, 그러거나 말거나 태연하게 잘 지내는 이 튼튼한 멘탈. 덜렁이이고 잠꾸러기인데, 그 점이 또 신경 써줘야 하는 반려동물 같아서 귀엽다니까!"

"리샤야, 그건 칭찬이 아니잖아?!"

"칭찬이야~! 미스미스는 아기 고양이처럼 귀여워."

"어휴…… 만날 놀리기나 하고."

"그런 반응이 귀엽다는 거야."

불만스럽게 뺨을 부풀리는 미스미스의 머리를 쓰다듬어주는 리샤.

마치 자신의 반려동물을 예뻐하는 주인처럼 더없이 흡족해하는 분위기였다.

"아, 또 하나 중요한 것이 있어. 잘 보렴, 피리야."

"네? 뭔데요?"

"여기, 여기 말이야."

리샤가 미스미스의 가슴을 가리켰다.

앳된 얼굴과 어린애 같은 분위기에는 전혀 걸맞지 않은, 완벽하게 성숙해진 가슴을——.

"굉장하지 않아? 내가 양손으로 가려도 다 가려지지 않을 만큼 커다란 이 가슴! 이 부분의 성장도를 봐도, 미스미스의 압승이야."

"납작 가슴이 뭐가 나쁘다는 거예요?!"

얼굴이 새빨개진 피리에 대장.

참고로 그녀의 가슴은 참 소박했다. 본인도 그 점을 의식하는 것 같았고.

"저기…… 그런데, 리샤 씨. 아까부터 궁금한 것이 있는데요."

"응? 뭔데, 이스캇치?"

이스카와 리샤는 과거에는 사도성 동료였다.

어떤 특수한 사정 때문에 강등되긴 했지만, 이스카도 1년 전까지는 사도성이었다. 리샤와도 면식이 있는 사이였다.

"리샤 씨는 바쁜 사람이잖아요. 그런데 왜 저희 회의실에 오신 거죠?"

"아, 그거야 당연히. 부트캠프 소식을 들은 미스미스가 달아나지 못하게 막으려고 온 거야. 잘 붙잡아놔야지, 응?"

지금도 미스미스를 끌어안고 있는 리샤.

알고 보니 단순히 예뻐하는 것이 아니라 구속하는 의미도 있었나 보다.

"자, 이제 붙잡았다. 미스미스."

"……윽. 그래, 리샤가 온 것을 보고 수상하다고 생각했었어……."

"아하하! 체면이 말이 아니군요, 미스미스!"

미스미스가 좌절하여 고개를 푹 숙이자, 그걸 본 피리에 대장이 환성을 질렀다.

"당신이 부트캠프에서 괴로워하는 모습을 마음껏 감상해줄게요! 이 제도에서, 현지 영상 카메라로!"

"피리야, 너도 가야지."

"네?"

리샤의 한마디에.

피리에의 표정이 얼어붙었다.

"캠프는 기습적으로 20부대씩 진행한다. 좀 전까지 피리를 옆 회의실에 대기시켰던 이유가 뭐라고 생각해?"

"……설마."

"피리의 부대도 내일부터 부트캠프에 가는 거야."

"싫어요오오오오!!"

"자, 지옥에 잘 다녀오렴."

미스미스와 피리에, 두 여대장을 끌고 가는 여자 간부.

그 뒷모습을 바라보다가.

이스카는 그곳에 남은 진, 네네와 함께 얼굴을 마주 봤다.

━━━━━━

부트캠프━━.

마녀의 낙원『네뷸리스 황청』과 전쟁을 계속하는 제국군에 있어, 이 캠프는 전쟁에서 상정되는 온갖 역경을 견뎌내기 위한 훈련이었다.

"우리의 적은 인간이 아니야. 마녀라는 괴물이다."

제국령, 동해안 캠프.

그곳에 소집된 정예군 20개 부대.

100명의 제국 병사들 앞에서 훈련 교관인 총괄대장이 큰 소리로 말했다.

"과거에 제도를 잿더미로 만들었던 대마녀 네뷸리스의 혈족이다. 그 마녀들과 싸우기 위해서라도, 이 훈련은 제군들에게는 필수 코스라고 할 수 있어."

"……아아, 작년의 악몽이 떠오른다."

기운 없이 고개를 푹 숙이는 미스미스 대장.

어젯밤에 제도를 떠나 여기까지 수송차를 타고 열네 시간 이동.

이스카 일행은 그동안 전혀 식사도 수면도 하지 않았다. 그것도 훈련의 일환이므로.

"……오늘 당장 돌아가고 싶어."

"어머, 미스미스. 벌써 훈련 때문에 마음이 약해진 거예요?"

그 옆에는 검은 머리 여대장 피리에가 있었다.

"저는 이미 각오를 다졌어요. 당신도 대장이라면, 부하에게 모범이 되기 위해 각오를 다지세요."

"피리야, 너 목소리가 떨리고 있어."

"그, 그건, 훈련이 기대돼서 흥분한 거예요!"

"──그러므로, 사실 이 캠프는 신병을 10주에 걸쳐 단련시키는 훈련이다."

교관의 시선이 이쪽을 향했다.

얼굴에 심한 흉터가 있는 남자. 참으로 군인답게 생긴 중년 거한이었다.

"그런데 제군들은 이미 여러 전장에서 살아남은 프로 전투원이다. 탈락자를 걱정할 필요도 없을 테지. 굳이 선별 작업을 할 생각도 없어."

"어?"

고개를 갸웃하는 미스미스와 피리에.

"저기, 피리야. 어쩌면 우리. 우대받는 거 아닐까?"

"그, 그야 당연하죠. 우리는 베테랑이니까요."

"기뻐해라."

교관의 눈이 희번덕거렸다.

"그런 제군들이 지루해하지 않도록, 내가 최악의 스페셜 훈련 메뉴를 준비해왔다. 이 7일 동안 마음껏 즐겨봐라."

"꺄아아아아악?!"

"왜 그런 쓸데없는 배려를?!"

캠프장에는 벌써 여대장 두 명의 비명이 울려 퍼졌다.

"……그래서 뭔데? 이 넓기만 한 광장에다가 전원 모아놓고, 교관은 우리한테 뭘 시키려는 거야?"

모래로 된 광장에서.

전투복을 입은 진이 준비운동 대신에 제자리에서 몸을 굽혔다

폈다 했다.

"우선 워밍업부터 할 거라고 했었지?"

"네네는 달리기일 거라고 생각해. 저거 봐, 마라톤 할 때처럼 흰 선을 그어놨잖아."

네네가 몸풀기 체조를 하면서 이쪽을 쳐다봤다.

"이스카 오빠의 생각은 어때? 이 광장에서 뭘 할 것 같아?"

"나도 전혀 모르겠어. 이게 평범한 달리기라면 쉬울 텐데……."

이스카는 한발 먼저 준비운동을 마쳤다.

이 광장에서는 소집된 병사들 100여 명이 열심히 워밍업하고 있었다. 다들 긴장한 것처럼 보였는데, 아마 그건 이스카의 착각이 아닐 것이다.

"휴…… 진정하자, 진정해. 일주일만 참으면 되니까……."

"미스미스 대장님, 저기 왔어요."

이스카가 손가락으로 가리켰다. 방금 광장에 나타난 교관을.

교관은 손에 확성기를 쥐고 있었다.

『제군들, 오래 기다렸다. 이제 두 명씩 짝을 지어라. 부대에서 가장 키가 큰 사람과 작은 사람이 한 조가 되고, 나머지 사람들끼리 한 조가 된다. 알겠나?』

"2인 1조……. 우리는 4인 부대니까. 두 조가 되라는 거지?"

미스미스 대장이 휙 돌아봤다.

참고로 제907부대의 키 순서는 다음과 같았다.

저격수 진.

공격수(검사) 이스카.

통신 담당자 네네.

대장 미스미스.

그중에서 우선 키 큰 사람과 키 작은 사람이 2인 1조가 된다면——.

"윽…… 끔찍하다. 나와 보스가 한 조라니. 완전히 꽝이잖아."

"네네는 이스카 오빠랑 같은 조네. 다행이다~!"

한숨을 쉬는 진, 이스카에게 달라붙으면서 기뻐하는 네네. 그 뒤에서는 미스미스 대장이 "그게 무슨 뜻이야?!"라고 소리 지르고 있었는데.

"미스미스."

그런 미스미스의 이름을 부르면서 피리에 대장이 멋지게 등장했다.

"후후, 이것 참 좋은 기회네요."

"응? 피리야, 왜 그래?"

"제안하고 싶은 것이 있어요. 부트캠프를 참고 견디기만 하는 것은 괴롭잖아요? 그래서 오락성을 좀 가미해볼까 해요."

검은 머리 여대장이 안경 코걸이를 밀어 올리면서 말했다.

"2인 1조가 된다는 것은, 아마도 둘이서 릴레이를 한다는 뜻이겠죠. 이왕 이렇게 됐으니 우리 조랑 당신네 조가 경주를 해보면 어떨까요?"

"……뭐?"

미스미스가 노골적으로 얼굴을 찌푸렸다.

운동능력으로는 미스미스는 제국 병사 중에서 거의 꼴찌였기 때문이다. 아무리 피리에가 평균 이하여도, 이 분야에서 직접 대결하는 것은 불리했다.

"난 달리기는 잘하지 못하는데?"

"그래서 2인조인 거잖아요. 부하와 대장이 힘을 합쳐 시련을 극복한다. 그것이야말로 부대의 미학이죠."

"……저기, 진 군?"

미스미스 대장이 진에게 눈짓했다.

"피리가 이렇게 말하는데. 진 군, 승산이 있을 것 같아?"

"마음대로 하라고 해. 승산을 따진다면 정확히 50%인데, 뭐, 나쁜 도박은 아니야."

"오, 역시 진 군은 굉장해……. 그런데 그 승산은 뭐야?"

"나 혼자 싸운다면 승산은 100%. 보스 혼자라면 0%. 둘의 평균을 내서 50%."

"뭐라고?!"

"아하하! 아주 낙천적이네요, 미스미스! 승산이 50%라고요?"

피리에 대장이 가슴을 활짝 펴고 소리 높여 웃었다.

"우리 조 파트너를 본 다음에 말씀하시죠. 자, 이리 와요. 브루노!"

"넵."

쿵 하고 발소리가 울려 퍼졌다.

검은 머리 여대장의 등 뒤에 서는 거인——키가 2m 이상이고 체중은 틀림없이 100kg이 넘어 보이는, 온몸이 근육으로 된 신병이 등장한 것이다.

"이, 이 부하는 뭐야?! 피리야, 작년에는 이런 부하 없었잖아?!"

"새로 들어온 기대주입니다."

몸집이 작은 피리에 옆에 서 있으니까 마치 어른과 아이처럼 보였다.

"제가 사령부에 들어가려고 일부러 스카우트한 아이예요."

"그건 편법 아냐?!"

"우수한 부하를 스카우트하는 것도 대장의 실력입니다. 그리고 이 브루노와 함께 싸운다면, 이미 승패는 정해진 거나 마찬가지예요!"

거인과도 같은 제국 병사.

이렇게 쳐다보기만 해도 태산 같은 존재감이 느껴졌다.

"자, 교관님. 과제를 내주세요!"

『제군들. 지금부터 워밍업을 겸한 2인 1조 마라톤을 개시한다. 거리는 약 5km. 등짐을 지고 달리는 거다.』

울려 퍼지는 안내 방송.

그걸 들은 피리에 대장은 '역시 예상대로야'라는 것처럼 고개를 끄덕거렸다.

"바라던 바예요. 자, 브루노. 당신이 있으면, 다소 무거운 짐은 전혀 문제가 되지——."

『짊어져야 할 것은 파트너이다.』

"네?"

『키 작은 사람이, 키 큰 사람을 업는다. 그대로 저쪽 숲까지 뛰어간다.』

광장이 쥐 죽은 듯이 조용해졌다.

상식적으로 생각한다면 몸집이 작은 사람이 업혀야 한다.

그게 반대가 된다고?

"아, 그럼 네네가 이스카 오빠를 업고 뛰는 거구나?"

네네가 손뼉을 짝! 쳤다.

"네네, 할 수 있어?"

"당연하지! 자, 이스카 오빠. 네네 등에 업혀. ……후후, 이스카 오빠의 체온이 느껴지네."

"……뭐야? 그 이상한 표현은."

네네는 왠지 기뻐 보였다.

문제는 진과 미스미스 대장 콤비인데, 예상대로 진을 업은 미스미스 대장은 벌써 비틀거리고 있었다.

"미스미스 대장님, 괜찮아요?"

"이러고 뛴다고?! 5km나 뛰라니, 절대 안 돼. 100m도 힘들겠는데?!"

『제군들, 골인하기 전에 파트너를 내려놓으면 다시 시작해야 한다.』

"뭐라고요?!"

병사들이 비명을 질렀다.

튼튼한 남자 병사들한테도 이것은 상당한 고행이 될 게 틀림없었다.

참고로———.

가장 비통한 비명을 지른 사람은 미스미스 옆에 있는 여대장이었다.

"이건 불가능해요—————!!"

피리에 대장이 속한 2인조.

거인처럼 덩치가 큰 부하와 한 조가 되었으니까. 업으라는 것 자체가 가혹한 짓이었다.

"크윽?! 저, 저기, 브루노, 다이어트 좀 하지 그래요?!"

"넵, 생각해보겠습니다."

"끄윽, 두, 두고 봐요! 크으으으으윽!"

얼굴이 새빨개진 피리에가 부하를 짊어졌다. 체중이 100kg이 넘는 거한을 들어 올리다니, 힘은 과연 대장급이었다.

이 장면은 미스미스도 감탄한 눈빛으로 바라봤다.

"피리야, 너 굉장하다!"

"그, 그야, 당연하죠……. 윽…… 당신처럼, 가벼운 부하를 업고 뛰는 것은, 훈련이라고 할 수도 없, 없잖아요……?!"

"좋아, 그럼 경주하자."

"네?"

"피리야, 네가 경주하자고 했잖아. 나도 진 군을 업고 열심히 해볼게."

"아…… 아니…… 저기요."

부하를 들어 올렸을 뿐인데도 피리에 대장의 두 다리는 경련을 일으키고 있었지만, 안타깝게도 미스미스는 그걸 눈치채지 못했다.

"자, 잠깐만요. 미스미스? 역시 경주는 없었던 것으로──."

『이제 훈련을 개시한다.』

"진 군, 가자!"

"앗, 기다려요오오오오옷?!"

광장의 제국 병사들이 일제히 뛰기 시작했다.

진을 업은 미스미스.

이스카를 업은 네네.

그 외에도 수십 개나 되는 조들이 저 멀리 보이는 삼림을 향해 달려갔다.

딱 한 조만 남겨두고──.

"무, 무거워! 이게 무슨 워밍업이에요? 못 뛰어요!"

"대장님, 우리도 뛰어야 하지 않을까요?"

"당신이 너무 무거워서 그래요!"

흙먼지가 날리는 광장에서 피리에 대장의 서글픈 노호가 메아리쳤다.

골인 지점인 삼림에서.

"헉, 헉, 하…… 후유……, 5km 마라톤이라더니. 기가 막히네요……!"

노목에 기대어 선 피리에 대장은 온몸에서 폭포수 같은 땀을 흘리고 있었다.

물론 꼴찌였다.

"그 교관. 골인하기 직전에, 『예정 변경. 1km 추가로 더 뛴다』라고 했잖아요. 순진한 사람 마음을 가지고 노는 것도 정도가 있죠!"

"에헤헤, 나 처음으로 경쟁에서 피리를 이겼어!"

그 옆에서 즐겁게 떠들어대는 미스미스.

"보스도 꼴찌에서 두 번째였으니까 그렇게 잘난 척할 입장은 아니지만."

"뭐야~ 진 군, 그런 말 할 거야? 내 등에 업혀서 내내 편하게 쉬었으면서."

말은 그렇게 해도 미스미스에게는 아직 여력이 있었다.

꼴찌인 피리에의 도착이 늦어졌기 때문에 미스미스나 네네, 그 외 병사들도 한동안 휴식을 취할 수 있었다.

"……이, 이렇게 될 줄은, 몰랐는데."

"피리야, 괜찮아?"

"도, 동정은 필요 없어요! 방금은 나와 당신의 조건이 불평등했던 거잖아요. 이번 일로 이겼다고 잘난 척하면 곤란해요."

피리에 대장이 이를 갈았다.

"다음 시합이 진짜예요. 부트캠프는 이제 막 시작됐다고요!"

『수고했다. 제군들.』

숲속에 울려 퍼지는 교관의 안내 방송.

피리에의 열정적인 말투와는 대조적으로 몹시 냉정한 어조였다.

『오늘의 야영지까지는 이제 10km 남았다. 이 숲속에서 직진하면 되는데, 여기서부터는 야생동물이 출몰한다. 주의하도록.』

"정글 속 게릴라전을 상정하고 전진하는 거군요. 좋아요."

소총을 드는 피리에.

그 옆에서는 미스미스도 한 손에 권총을 쥐고 있었다.

"야생동물이라니, 어쩌지? 피리야. 사자 같은 게 튀어나오면."

"정글에 사자는 없어요, 미스미스. 오히려 야생 곰을 조심해야죠."

숲속을 향해 나아가는 20개 부대.

앞장서서 수풀을 헤치고 가는 것은 두 명의 대장. 미스미스와 피리에였다. 그리고 그 둘을 뒤에서 호위하는 것이 이스카, 네네, 진, 그렇게 세 명이었다.

"있잖아, 이스카 오빠. 이건 사악한 캠프잖아. 숲속에도 무슨 함정이 있을지도 몰라. 미스미스 대장님도 조심해야 할 텐데."

"응. 혹시 모르니까 말해두는 게 낫겠어."

미스미스 대장 옆으로 뛰어갔다.

"대장님, 어때요? 저희도 경계하고 있지만, 수상한 것을 발견하면 즉시 가르쳐주세요."

"수상한 것은 없는데……. 이스카 군, 이거 어떻게 생각해?"

미스미스가 멈춰 섰다.

게다가 그 옆에 있는 피리에 대장도 고민하는 얼굴로 부하들에게 눈짓하고 있었다.

"……피리야. 어쩌지?"

"글쎄요, 나한테 물어봐도 대답하기 어렵군요. 이렇게 바닥이 안 보이는 진흙투성이 늪이 있으면, 더 이상 전진할 수 없잖아요?"

그렇다.

그들의 앞길을 가로막는 형태로 시커먼 늪이 펼쳐져 있었다.

"바닥없는 늪은 아니라고 생각하는데요. 그래도 이거 상당히 깊어 보이네요."

그러면서 피리에 대장이 나뭇가지를 집어넣어 그 깊이를 측정해보려고 했는데, 나뭇가지는 아무리 가라앉아도 바닥에 닿지 않았다.

"내 배…… 아니, 그보다 더 깊을지도 몰라요. 우회해야 할 것 같네요."

뒤에 있는 부대에게 들리도록 피리에가 큰 소리로 말했다.

"전군, 10m 후퇴합니다. 좀 전의 동물길에서 오른쪽으로 크게 우회할 겁니다!"

『미스미스 대장, 피리에 대장. 자네들은 오해하고 있군.』

"……네?"

그때 엄한 목소리가 들려왔다.

병사들이 지참한 통신기를 대상으로, 교관이 단체 송신을 한 것이었다.

『나는 「직진」을 명했다.』

"……그렇다는 것은?"

『생각을 해봐라. 제군들은 정글 속에서 이동하고 있다. 배후와 좌우를 마녀 군단이 포위하고 있다면, 느긋하게 후퇴할 여유가 있을까?』

"그럼, 설마……."

피리에 대장이 긴장한 것처럼 마른침을 꿀꺽 삼켰다.

『늪 속으로 직진한다.』

"그럴 줄 알았어요오오오오오오!!"

시커먼 늪을 바라보는 피리에.

자세히 보니 작은 벌레가 여기저기 둥둥 떠 있었다. 장구벌레라면 모기가 대량으로 서식하고 있을 테고, 늪 속에는 잡균이 득시글거릴 것이다.

피부에 상처라도 있으면 그곳으로 기생충이 들어올지도 모른다.

"제가 먼저 갈게요. 미스미스 대장님은 뒤에서 따라오세요."

"이스카 군, 꽤, 괜찮겠어?!"

미스미스 앞에 나선 이스카는 과감하게 늪 속으로 발을 내디

몄다.

푹…….

발끝이 들어간다. 가슴까지 흙탕물 속에 잠겼을 때, 마침내 늪의 바닥에 발이 닿았다.

"무, 무사해?"

"간신히 바닥에 발은 닿는 깊이라서 다행이네요. 그런데 대장님의 경우에는 턱 아래까지 잠길지도 몰라요."

옷감을 통과해 안쪽으로 침투하는 진흙의 찐득함과 악취가 아주 불쾌하게 느껴졌다.

전투복뿐만 아니라 속옷까지 흙탕물에 젖어버렸다.

"미스미스 대장님도 천천히 따라와 주세요."

"으…… 응. 우와 벌써 끔찍해. 흙이 튀어서 입에 들어왔어…….'

인상을 쓰는 미스미스.

이어서 진과 네네가 뒤따라왔고, 그걸 본 후속 부대도 결국 결심했는지 늪 속으로 발을 들여놓았다.

이 와중에 아직도 얼굴을 찌푸린 채 움직이지 않는 여대장이 있었다.

"피리야, 빨리 와."

"아, 알았어요……!"

피리에 대장이 창백해진 얼굴로 발을 뻗었다. 찰박 하고 발이 늪에 닿자마자, "끼약?!" 하고 입에서 작은 비명을 토해냈다.

"아아, 이게 뭐야. 하필이면 내가 제일 싫어하는 늪을 지나가야

한다니…….”

어깨까지 늪에 잠긴 채, 긴장한 표정으로 걷기 시작하는 피리에 대장.

이윽고 미스미스 옆으로 왔다.

“피리야, 안색이 안 좋아 보여.”

“이 상황에서 안색이 좋으면 그건 변태죠. 으윽…… 흙이 얼굴에 튀고, 눈앞에 벌레들이 우글거리잖아요. 심지어 옷 속까지 진흙이 다 들어왔다고요.”

조심조심 늪을 가로질러 나아갔다.

이것이 바다나 강이었으면 투명한 물의 바닥이 훤히 보였을 텐데, 이 늪은 바닥에 뭐가 있는지 알 수 없었다.

“이스카 오빠, 혹시 늪 속에 악어가 숨어 있지 않을까?”

“악어는 담수생물이니까 그럴 수도 있지. 수면을 주의 깊게 살펴보자. 수상한 거품 같은 게 있는지.”

네네와 이스카가 속닥속닥 대화했다.

“아, 악어요?!”

그런데 그 대화를 들은 피리에 대장이 흠칫 놀랐다.

“어휴, 도대체 이 늪은 어디까지 펼쳐져 있는 거죠? 상류 가정 출신인 나에게는 가장 안 어울리는 훈련이에요……!”

“피리야, 네 앞에.”

“네?”

“뱀이 헤엄치고 있으니까. 조심해.”

"…………."

피리에가 얼빠진 표정을 지었다.

어깨까지 늪에 잠겨 있는 여대장. 정확히 그 눈높이에 맞춰서 유유히 헤엄쳐 다가오는 뱀 한 마리가 있었다.

그 뱀과 눈이 마주치자————.

"꺄아아아아아아아아악아아아아악?!"

오늘의 가장 큰 비명이 깊은 숲속에 울려 퍼졌다.

"미, 미스미스, 살려줘요!"

"응, 벌써 도망쳤어."

"네?"

미스미스에게 찰싹 달라붙은 채 피리에가 멍하니 눈을 깜빡거렸다.

"피리의 비명을 듣고 놀라서 달아났나 봐."

"바, 방금 그건 비명이 아니었어요. 그, 그건…… 부하에게 위험을 알리는 소리였어요! 아니, 그런데 미스미스. 당신은 왜 그렇게 태연한 거예요?!"

"응? 무슨 소리야?"

"그, 그러니까, 이렇게 냄새나고 비위생적인 늪 속에 있고, 게다가 방금 그 뱀도 당신 코앞에 있었잖아요?"

"어~ 그런가?"

"그렇죠!"

"독사는 무섭지만, 사실 난 동물은 별로 싫어하지 않아."

미스미스가 늪 속에서 전진했다.

대규모 집단을 이끌고 앞서 나아가는 그 모습은 참 용감해 보였다. 이스카 같은 부하들이 봐도 믿음직하다고 느낄 정도로.

"……하지만 이건 늪이잖아요. 싫지 않아요?"

"난 어린 시절에 자주 흙투성이가 되어서 놀았는걸. 이런 훈련은 별로 힘들지 않은 것 같아."

"뭐, 뭐라고요?!"

말문이 막힌 피리에.

"이봐요, 이 늪을 지나가는 게 좋다고 말하는 거예요?"

"좋진 않은데, 그래도 달리기나 수영처럼 미친 듯이 몸을 움직이는 훈련보다는 쉽지 않아?"

"이, 이 보행 훈련이 쉽다고요……?!"

피리에 대장이 경악하여 눈을 휘둥그렇게 떴다.

처음으로 알게 된 것이다.

이 미스미스라는 여대장이 어떻게 제국군의 대장이 되었는지.

신체 능력만 본다면 제국 병사의 평균보다 훨씬 뒤떨어진다. 그러나 이 캠프에서 요구되는 것은 튼튼한 육체가 아니라 튼튼한 마음이다. 즉,「둔감함」인 것이다.

아무리 강인한 병사라도 마음은 무너질 수 있다.

진짜 흙탕물이라도 마시면서 필사적으로 살아남아야 하는 가혹한 전투 상황에서, 고통을 고통이라고 느끼지 않는 정신력.

미스미스는 그것을 가지고 있다.

"하, 하긴…… 흙투성이가 되거나 눈앞에 벌레가 우글우글해도, 미스미스가 당황하는 모습은 상상할 수가 없네요……."

늪을 가르고 나아가는 미스미스.

이곳에는 미스미스보다 훨씬 강인한 사나이들이 잔뜩 있는데, 그들이 자연스럽게 미스미스를 따르고 있었다.

──이 여대장을 따라가자.

그 상황에 피리에 대장은 진심으로 전율했다.

"아, 아니, 인정할 수 없어요……. 내가, 아무리 부트캠프여도, 다른 여대장에게 진다는 것은 있을 수 없는 일이에요!"

피리에는 흙탕물이 튀든 말든 개의치 않고 늪을 헤치면서 선두의 미스미스를 쫓아갔다.

그리고 추월했다.

"훙, 어때요? 미스미스. 순식간에 내가 선두가 됐다고요!"

"피리에 대장님, 기다리세요."

거침없이 앞으로 나아가는 여대장에게 이스카가 말을 걸었다.

"드릴 말씀이 있는데요."

"어머, 미스미스의 부하잖아요? 무슨 일이죠?"

승자의 미소를 짓는 피리에.

"나와 미스미스의 차이를 이해했나요? 잔인하게 느껴질지도 모르지만, 제국군도 경쟁사회입니다. 뛰어난 자만 사령부에 들어갈 수 있는 거예요. 나야말로──."

"등에 거머리가 붙어 있어요."

"네?"

거머리.

쉽게 말해 늪지대에 서식하면서 인간의 피를 빨아먹는 흡혈 환형동물이다.

그것이 여대장의 등에 잔뜩 달라붙어 있었다.

"피리야……!"

그걸 보고.

미스미스는 오히려 감동한 눈빛으로 피리에를 응시했다.

"설마 이 늪에 거머리가 있는 것을 알고 일부러 선두에 서준 거야? 피리가 나를 보호해준 거구나!"

"자, 잠깐만, 뭐예요?!"

당황하여 몸을 비트는 여대장.

그러나 거머리는 그 등에 달라붙어서 그리 쉽게 떨어지지 않았다.

"떼어줘요?! 당신, 이스카라고 했죠. 당장 거머리 치워줘요!"

"네. 당황하시지 않아도 괜찮아요."

"난 벌레가 너무너무 싫다고요────────!"

눈물까지 글썽이는 피리에의 슬픈 고백이 울려 퍼졌다.

━━━━━━━

정글의 밤──.

제국군 야영 캠프장에는 20개나 되는 부대의 텐트가 세워져 있었다.

타닥, 타닥…… 하고.

야생동물을 쫓아내기 위한 모닥불을 피워놓고, 몸에는 벌레 퇴치 스프레이를 뿌리고 취침한다.

아까 낮에 훈련하느라 늪을 건널 때의 복장 그대로.

"아~ 진짜. 아직도 옷이 덜 말라서 불쾌해. 네네는 하나로 묶은 머리카락까지 흙투성이가 됐어……."

빈말로라도 맛있다고 할 수는 없는 전투식량을 먹은 뒤, 네네가 아쉬운 것처럼 어깨를 으쓱했다.

취침은 밤 여덟 시.

제도에서는 번화가가 한창 시끌벅적할 시간대인데, 이곳은 도심에서 멀리 떨어진 정글이다. 밤 여덟 시쯤 되면 일대가 온통 어두워진다.

"이스카 오빠, 우리 새벽 세 시에 일어나는 거였나?"

"그렇게 들었어. 좀 이르긴 해도 부트캠프에서는 표준적인 시간일 거야. 잠을 잘 수 있을지 없을지는 별개의 문제지만."

그렇게 대답하는 이스카의 옷도 흙투성이였다.

아무리 전장에서의 소규모 전투가 장기화한 상태를 상정했다고는 하지만, 흙탕물로 축축해진 옷이 피부에 들러붙는 감촉은 베테랑 군인조차도 힘들게 만드는 것이었다.

"어휴. 설마 첫날부터 흙투성이가 될 줄은 몰랐어. 네네는 좌절했어."

네네가 인상을 찌푸리면서 자기 옷을 내려다보고 말했다.

"오랜만에 이스카 오빠와 함께 텐트에서 잔다! 하고 기대했는데. 이렇게 흙투성이가 됐으니, 이스카 오빠랑 함께하는 밤의 두근두근한 해프닝도 기대하기는 어렵잖아."

"대체 뭘 기대한 거야?!"

뭔가 호소하는 듯한 네네의 수상한 시선. 이스카는 시선을 피하며 이렇게 말했다.

"진. 너도 뭐라고 한마디 해줘."

"그냥 내버려 둬. 네네의 헛소리다."

퉁명스럽게 대꾸하는 진. 그는 텐트 안쪽에 누워 있었다.

"오랜만에 야영한다고 하니까 애들 수학여행 온 것처럼 신난 거지. 야, 네네. 경계 임무는 파수병에게 맡기고, 우리는 빨리 자야 해."

"뭐……? 아니, 하지만."

불만스러워 보이는 네네의 얼굴.

"네네는 아직 안 졸린데. 옷도 덜 말라서 기분 나쁘단 말이야."

"눈 감고 가만히 있어. 앞으로도 갈 길이 머니까——."

진이 그렇게 말했을 때.

"네, 맞아요!"

이스카가 소속된 제907부대의 텐트에 돌연 누군가가 찾아왔다.

"좋은 밤이에요, 미스미스. 오늘은 예상외의 실패를 좀 했습니다만, 부트캠프는 지금부터 정식으로 시작되는 거예요!"

흙투성이 전투복을 입은 피리에 대장.

낮에 했던 훈련이 어지간히 힘들었는지 그 안색은 여전히 흙빛이었지만.

"내일은 진짜로 우리끼리 결판을 내는 겁니다! ······어? 미스미스?"

"이미 주무시는데요."

이스카가 가리킨 것은 텐트 한가운데.

침낭에 푹 파묻힌 미스미스 대장은 벌써 숙면 중이었다. 피리에가 그렇게 큰 소리로 미스미스의 이름을 불렀음에도 불구하고, 대장은 일어날 기미가 전혀 안 보였다.

"아침까지는 안 일어나요. 아니, 실은 아침이 돼도 저희가 깨우지 않으면 대낮까지 쿨쿨 주무시는 코스일 거예요."

"무슨 신경이 그렇게 굵어요?!"

그때 피리에가 또 뭔가를 발견했다. 미스미스가 다 먹어 치운 전투식량 용기였다.

이 군대식량은 보존 기간을 우선시하기 때문에 맛은 아주 형편없었다. 그래서 강인한 군인들도 다 못 먹고 남기는 것으로 유명했다.

그런 음식을 태연하게 전부 먹어 치우다니. 보통 위장이 아니었다.

"……난 절반이나 남겼는데."

"대장님은 맛있게 잘 드셨어요. 맛에는 신경을 안 쓰는 타입이라서."

"미각이 어떻게 된 거예요?!"

피리에가 무의식중에 뒷걸음질 쳤다.

"이러면…… 미스미스, 아무래도 당신에 대한 평가를 다시 해야겠네요."

강인한 남자들도 먹다가 포기하는 전투식량을 다 먹어 치우고, 가혹한 수면 환경 속에서도 전혀 괴로워하지 않는다.

그야말로 강철 멘탈.

신체 능력처럼 눈에 보이는 수치로 된 적성은 별로인데, 이렇게 「수치로 측정할 수 없는」 군인 적성은 특필할 만한 점이 있었다.

피리에는 미스미스의 그런 특징을 감지한 것이었다.

"……내가 너무 얕봤네요. 리샤 선배님이 좋아하는 것도 이해가 가요. 제법 놀라운 소질을 가지고 있군요."

"아니, 리샤 씨가 좋아하는 것은 단순히 미스미스 대장님의 외모라고 생각하는데요."

"아뇨, 내 말이 맞아요!"

피리에가 주먹을 불끈 쥐고 소리쳤다.

"이제 알았어요. 이 미스미스란 인간이 바로 나의 숙적이에요. 내 엘리트 군인 가도――인생 목표인 사령부 입성을 달성하는 데 가장 방해되는 라이벌이었던 거예요!"

"으음, 그런가요?"

"네네는 그렇게 생각 안 하는데."

"과대평가다. 우리 보스는 그렇게 대단한 인물이 아니야."

이스카, 네네, 진이 그렇게 말했지만, 이미 결의를 다진 피리에 대장의 귀에는 그런 말은 들리지 않았다.

"하지만 나도 지지 않아요. 미스미스, 각오하세요. 내일부터 시작되는 부트캠프에서는 멋진 시합을 해봅시다!"

완전히 도취해버린 말투로 일방적인 선언을 하고 나서. 만족한 피리에 대장은 빙글 돌아섰다.

"잘 지내요, 미스미스. 내일 봅시다!"

"푹 자고 있어서 듣지도 못할 텐데……."

여대장은 성큼성큼 떠나갔다.

그건 무시하고, 이스카는 진, 네네와 서로 얼굴을 마주 봤다.

"미스미스 대장님은 그냥 잠만 자도 고평가를 받는구나. 왠지 득 보는 것 같아……."

"좀 부럽기도 하네."

"신경 쓰지 말고 내버려 둬. 우리도 빨리 자자."

━━━━━━━

캠프장에 아침이 찾아왔다.

"안녕하신가? 제군."

정렬한 100명의 병사를 바라보면서 교관이 만족스레 고개를 끄덕였다.

"이게 신병이었다면 어젯밤에 탈락자가 발생했을 텐데, 탈락자 0명인 것을 보면 과연 역전의 동지들이야. 어제도 푹 잔 것 같아서 다행이다."

"……뭐야. 뻔뻔하네. 있잖아, 이스카 오빠. 저 교관 뻔뻔하지 않아?"

네네가 졸린 것처럼 눈을 비비며 말했다.

"잠을 푹 자게 해줄 거면 아예 샤워도 하게 해주고, 옷도 이런 흙투성이가 아니라 새 옷으로 갈아입게 해주면 좋잖아."

"훈련할 때마다 상투적으로 하는 말이지."

"응, 그건 아는데……."

불쾌하다는 듯이 팔짱을 끼는 네네.

한편 잠을 푹 잔 미스미스는 피로도 회복돼서 컨디션이 매우 좋아 보였다.

"어? 저기, 피리야. 너 눈가에 다크서클이 생겼어."

"윽?!"

"혹시 어제 잠을 잘 자지 못했니? 괜찮아?"

"……그 밤에 쾌적하게 잠을 잘 수 있는 무신경함이 나로선 이해가 안 되네요. 뭐, 어쨌든 그런 식으로 걱정해줄 필요 없어요!"

수면 부족으로 충혈된 눈으로 미스미스를 노려보더니, 피리에가 어금니를 꽉 깨물었다.

"이런 부트캠프 따위는 두려워할 이유가 없죠. 어제도 너무 지루해서 하품이 나왔어요!"

"…………흠, 그런가."

"헉, 교관님?!"

피리에의 눈앞에 교관이 등장했다.

그 겁 없는 발언에 베테랑 군인은 만족한 것처럼 미소를 지었다.

"피리에 대장, 아주 위세가 당당한데? 내가 고심해서 준비한 훈련이 너무 지루해서 하품이 나왔다고? 이렇게 기개 있는 말을 하는 여자는 오랜만에 본다."

"……아, 아…… 저, 아니에요. 그냥 기 싸움을 하다가 흥분해서……."

"그 열렬한 선언은 잘 알아들었다. 안심해도 돼. 남은 6일 동안 더더욱 자극적인 훈련을 준비해놨으니까."

"꺄아아아아아아아악?!"

부트캠프 2일차.

피리에 대장의 몇 번째인지 모를 절규로 하루가 시작됐다.

"자, 제군들. 각자 양팔과 양다리를 수갑으로 구속해라."

꼼짝도 못 하는 상태로 대형차 뒤에 로프로 매달린 채 자갈길 위로 끌려간다.

적인 마녀에게 붙잡혔을 때의 고문을 상정한 훈련이었다.

"아, 아야아야아야아앗?! 자, 잠깐, 이제 그만해도 되잖아요,

차 세워요! 지면의 마찰 때문에 화상 입겠어요오오오오오오옷?!"

자동차로 저 멀리까지 끌려가면서 피리에 대장이 흙먼지 속으로 사라졌다.

이윽고 비명도 사라져버렸다.

"……우와."

그 처참한 광경을 목격한 미스미스가 얼굴을 찡그렸고, 그 뒤에 늘어서 있는 강인한 남자 병사들도 무심코 뒷걸음질을 쳤다.

"이, 이스카 군? 어째 어제보다 더 아파 보이는 훈련인데?"

"남자는 200m, 여자는 100m라고 했어요. 끌려가는 거리."

"피리 혼자만 400m쯤 끌려가고 있는 것 같은데, 아니야?"

"……교관님의 애정인가 보죠."

그런데 강 건너 불구경이나 할 때가 아니었다. 부트캠프는 날이 갈수록 훈련 난도가 점점 높아지는 것이 항례였다.

"대장님, 앞으로 6일만 더 버티세요."

"……응."

"다 끝나면, 대장님이 좋아하는 불고기 먹으러 가요."

"……응."

미스미스 대장의 얼굴은 벌써 유령처럼 창백해져 버렸다.

━━━━━━

부트캠프 7일차.

마지막 날 아침. 모든 훈련을 마친 병사들은 현재 정글의 오지에 있는 절벽 밑에 집합──.

아니.

겹겹이 쌓인 시체처럼 쓰러져 있었다.

"더는 안 돼……. 네네는, 더 이상 그 맛없는 전투식량은 죽어도 못 먹어. 빨리 제도로 돌아가서 멀쩡한 밥을 먹고 싶어……."

"야, 네네. 일어나. 이스카, 그쪽은 어때?"

"대장님이 쓰러져서 꼼짝도 안 해."

지면에 주저앉은 네네를 일으키는 진.

그 안쪽에서 이스카는 바닥에 엎어져 있는 미스미스에게 말을 걸고 있었다.

"저기요, 대장님."

"……난 이미, 기력이 다했어."

"그런 말씀 하지 마시고요. 자, 정렬할 시간이에요. 이제 곧 헬기도 우리를 데리러 올 거예요."

훈련을 마친 병사들은 수송용 헬리콥터를 타고 제도로 귀환한다.

이제는 그 헬리콥터가 오기를 기다리기만 하면 된다.

『제군들, 7일에 걸친 부트캠프에 참가하느라 수고했다.』

울려 퍼지는 교관의 목소리.

확성기를 이용한 소리였다. 본인은 이곳에 없었다.

『잠시 후 헬기가 도착할 거다. 헬기에는 제국 간부가 타고 있는데, 그분이 가혹한 훈련을 마친 제군들의 노고를 치하해주실 것이다.』

"드, 드디어, 끝나는 거네요!"

완전히 탈진해 버린 피리에 대장이 비틀비틀 몸을 일으켰다.

"이제는 헬기를 타고 돌아가기만 하면 돼요⋯⋯. 아아, 따뜻한 밥과 침대⋯⋯ 그리고 목욕도 해서, 이 흙투성이 상태에서 해방되는 거예요."

『다만.』

"⋯⋯다만?"

『제군들에게 안타까운 소식이 있다. 헬기 도착 장소가 변경돼서, 현재 제군들이 있는 절벽 아래가 아니게 되었다.』

"⋯⋯네?"

피리에, 미스미스. 두 대장의 미소가 얼어붙었다.

『제군들 앞에 있는 깎아지른 듯한 절벽. 그 위에 방금 헬기가 도착했다.』

"이 위에요?!"

파랗게 질린 피리에가 절벽을 우러러봤다.

높이가 20m가 넘는 가파른 절벽. 물론 저 위에 올라가기 위한 사다리나 로프 따위는 하나도 눈에 띄지 않았다.

"설마⋯⋯."

『이 절벽 위까지 맨손으로 올라와라. 그것이 캠프의 최종 훈련이다.』

"노, 농담이죠?! 이미 우리는 한계에 다다랐는데!"

『헬기가 머무르는 시간은 한 시간. 그때까지 도착하지 못하는 사람은 두고 간다.』

절벽 아래──.

병사들의 처절한 절규가 울려 퍼지는 가운데, 최후의 싸움이 시작됐다.

"너무해, 최종 훈련이 있다는 이야기는 듣지도 못했는데!"

거친 바위 표면에 필사적으로 달라붙으면서 미스미스 대장이 비명을 질렀다.

"이 벼랑을 끝까지 올라가지 못하면, 우리는 이대로 버려지는 거야?!"

"이봐, 보스. 절대로 미끄러지면 안 돼."

"나, 나도 알아!"

바로 밑에서 따라오는 진이 그렇게 말하자, 미스미스는 긴장한 얼굴로 고개를 끄덕였다.

어젯밤에 내린 비 때문에 바위 표면이 축축해서 몹시 미끄러웠다.

체력의 한계만 문제가 아니었다. 이미 완전히 마모된 신경을 더더욱 극한까지 곤두세우지 않으면, 손이 미끄러져서 그대로 추락할 것이다.

"한 번이라도 추락하면, 다시 올라갈 시간은 없어."

"으…… 응. 이스카 군, 네네야, 그쪽은 어때?!"

"네네는 괜찮을 것 같아. 이스카 오빠는?"

"문제없어. 미스미스 대장님, 이쪽 암벽이 좀 더 울퉁불퉁해서 잡기 편해요."

앞장서서 올라가는 이스카.

그 밑에서 네네가 따라가고, 미스미스, 진 순서로 가고 있었다.

그런데──.

교관이 추가한 규칙에 따라, 병사들은 부대 단위로 하나의 로프로 연결되어 있었다.

고로 한 명의 손이 미끄러지면 부대 전체가 한꺼번에 낙하한다는 참 악랄한 규칙이 존재하는 것이었다.

"자, 잠깐만, 이스카 군. 나 이런 거 잘하지 못해서……."

"미스미스 대장님, 다음에는 오른발을 들고. 거기 움푹 파인 곳으로 손을 뻗어요."

"……손이 안 닿을지도 몰라."

키가 작아서 절벽을 오르느라 고전하는 미스미스.

그런 그들을 쫓아온 것이 피리에 대장의 부대였다.

"미스미스, 이게 마지막 시합이에요. 자, 여러분. 조금만 더 가면 돼요. 미스미스가 고전하는 지금 이 기회에 추월하는 거예요……. 자, 빨리 절벽 위로 가요!"

초조해하는 피리에의 손가락이──.

주르륵 하고 미끄러졌다.

"앗……."

"피리야, 위험해!"

암벽에서 미끄러져 떨어지는 피리에.

그 손을 아슬아슬하게 붙잡아서 구해준 것은 피리에의 부하가 아니었다. 다름 아닌 미스미스였다.

"괜찮아?"

"다, 당신이, 왜……."

피리에는 믿을 수 없다는 눈빛으로 쳐다봤다. 자신을 구해준 미스미스를.

"대, 대체 왜, 나에게 손을 내미는 거죠……? 나를 구하려다가 혹시 당신이 미끄러졌으면, 당신의 부대까지 거꾸로 곤두박질쳤을 텐데!"

모든 사람이 7일 동안의 캠프로 인해 몹시 피폐해진 상태였다. 미스미스도 거의 한계에 다다랐을 것이다.

그런데 왜.

"응? 그야 뭐, 우리는 친구니까."

"……!"

친구.

그 한마디에 피리에는 말문이 막혔다.

제국군 동료니까――기껏해야 그런 비즈니스 관계의 상투적인 대답이 나오리라 생각했었는데.

"……나랑 당신이 친구라고요?"

"응, 아냐?"

"……당신은, 정말이지."

"어? 왜 그래?"

순진무구한 눈빛으로 쳐다보는 미스미스 대장.

분명히 얄미웠을 텐데.

지금은 그 두 눈이 눈부셔 보여서, 제대로 얼굴을 마주 볼 수도 없었다.

"…………훗."

"어, 피리야?"

"인정할게요. 미스미스 클라스 대장. 내가 졌습니다."

붙잡힌 손으로 손을 맞잡고.

속이 후련한 미소를 지으면서, 피리에는 난생처음으로 자신의 패배를 스스로 인정했다.

"오늘 하루만은 당신에게 승리를 양보해줄게요."

═══════════

최종 훈련──.

100명의 병사가 마지막 힘을 짜내 올라온 절벽 위에서는, 제국군 헬리콥터가 대기하고 있었다.

교관, 또 제국 간부도 그곳에 있었다.

부트캠프를 끝까지 견뎌낸 병사들을 따뜻하게 맞이해주는 특별 게스트였다.

"여러분~ 안녕? 잘 지냈어?"

"앗, 리샤?!"

미스미스가 눈을 동그랗게 떴다.

기체에서 나타난 것은 그들이 잘 아는 사람, 사도성 리샤였다.

"응, 그래. 다들 녹초가 됐네. 그래도 용케 힘내서 잘했어."

"리샤 선배님?!"

바로 그때.

맹렬한 기세로 리샤에게 달려간 사람이 있었다. 절벽을 다 올라온 피리에였다.

"리샤 선배님, 여기까지 와주셨군요! 보세요. 제가 멋지게 해냈어요!"

눈물을 글썽거리면서.

안아 달라는 듯이 양팔을 벌렸다.

"자! 이번에야말로, 저를 사령부에 들어갈 수 있게 추천해주세요!"

"어~ 응, 정말 애썼어."

"선배님!"

양팔을 벌려 환영해주는 리샤.

피리에는 그 품에 안기려고——.

"고생했어, 미스미스!"

"……어?"

가볍게 엇갈리는 두 사람.

리샤는 감동적인 포옹을 하려고 하는 피리에의 옆을 스쳐 지나가더니, 미스미스를 끌어안았다.

"······어, 어라?"

어리둥절해진 피리에의 옆에서.

"미스미스, 잘 지냈어? 후후, 지친 미스미스도 귀엽네."

"저기, 리샤야~. 나 피곤하거든?"

"아~ 좋아, 좋아. 그렇게 싫어하는 얼굴도 귀여워."

미스미스의 머리를 거칠게 쓰다듬는 리샤.

보통 이 여자 간부는 아무한테도 이런 짓은 안 할 텐데, 그 모습이 너무나 사랑이 넘치고 친해 보였다.

"이것도 동료로서의 커뮤니케이션이야. 우리는 제국군 동료잖아?"

"넌 그냥 나를 가지고 놀고 싶은 거잖아?"

"아하하, 들켰네?"

그 장면을 처음부터 끝까지 지켜보면서.

"············."

따돌림을 당한 검은 머리 여대장은 주먹을 꽉 쥐고 부들부들 떨고 있었다.

"저······ 저기요······ 리샤 선배님? 미스미스?"

아무도 그 말을 듣지 않았다.

리샤는 미스미스한테 집적거리느라 바빴고, 미스미스는 리샤를 뿌리치려고 온 힘을 다하는 중이었다.

"어휴, 리샤야. 그만하라니까."

"아~. 뭐 어때, 좋잖아?"

"———."

그리고.

"나, 나는, 분하지 않아요!"

피리에는 갈라진 목소리로 소리를 질렀다.

"미스미스! 역시 당신은 내 적이에요. 흥, 두고 봐요!"

전속력으로 뛰어가 버렸다.

그 후 피리에 대장의 미스미스에 대한 도전은 한층 더 격화됐는데, 그 이야기는 다음 기회에 하겠다.

═══════

그 무렵.

제국에서 멀리 떨어진 장소———.

마녀의 낙원『네뷸리스 황청』의 왕궁에서는.

"앨리스 님, 보고드릴 것이 있습니다."

"응? 뭔데, 린?"

친한 시종이 말을 걸자, 한 소녀가 그쪽을 돌아봤다.

앨리스리제 루 네뷸리스 9세———.

눈부신 금빛 머리카락과 예쁜 외모를 지닌 왕녀였다.

참고로 제국군의 검사 이스카와는 서로 숙적임을 인정하고 라이벌처럼 여기는 사이인데, 그것은 그들 둘만의 비밀이었다.

"보고라니, 무슨 보고?"

"제국령 동해안. 그곳의 기지에서 캠프가 실시됐다는 보고가 들어왔습니다."

"군사 훈련?"

"네. 주요 부대도 그 캠프에 다수 참가했다는 정보를 입수했습니다. 우리 성령 부대를 보내서 살펴봐야 하지 않을까요?"

"그것은 현장 측의 판단에 맡길게."

휴…… 하고.

보고를 들으면서 앨리스는 무척 아쉽다는 듯이 한숨을 쉬었다.

실제로 정말 아쉬워하고 있었다.

앨리스가 원하는 정보는 제국군의 캠프 정보 같은 것이 아니었다.

"그게 아니야. 그런 훈련 정보가 아니라, 내가 알고 싶은 것은 이스카가 다음에 파견될 장소야. 전장을 알고 싶단 말이야."

"……앨리스 님. 또 그것만 생각하시는 거예요?"

주인의 그 태도에 시종은 힘없이 어깨를 늘어뜨렸다.

요즘 앨리스는 늘 이랬다.

적인 제국 검사 이스카와 다시 싸우는 것만 생각하느라, 그 외의 문제는 자꾸만 소홀히 하게 되는 것이었다.

"그런데 혹시 모르잖아요? 그 제국 검사도 훈련에 갔을 수도 있죠."

"그런 우연의 일치는 있을 리 없어."

농담처럼 말하는 시종에게 그렇게 대꾸한 뒤, 앨리스는 창밖을 바라봤다.

적국——.

제국령이 있는 방향을.

"이번에야말로 둘이서 결판을 내고 싶은데. 이스카는 어디 있는 걸까."

너와 나의 최후의 전장,
혹은
소녀들로 에워싸인 꽃밭 생활

the War ends the world /
raises the world
Secret File

"네네는 오늘부터 이스카 오빠의 방에서 잘 거야."

"……뭐라고?"

"갈아입을 옷이랑 칫솔이랑 컵은 가져갈 거니까. 괜찮지? 와~
진짜 기대된다!"

"뭔 소리야?!"

같은 부대의 네네한테서 아침부터 그런 말을 들으면서 이스카
의 휴일은 시작됐다.

세계 양대 강국의 전쟁──.

이스카와 동료들이 소속되어 있는 『제국』은 마녀의 낙원 『네뷸
리스 황청』과 무려 100년 동안이나 전쟁을 계속하고 있었다.

이것은 그 제국군의 어느 날의 풍경.

"앗! 저기, 이스카 오빠. 그 이야기 들었어?"

"무슨 이야기?"

이스카가 기지 안에서 돌아다니고 있는데 네네가 이쪽으로 달
려왔다. 늘씬한 몸매와 붉은색 포니테일이 인상적인, 사랑스러운
소녀 군인이었다.

"기지 확충 계획 말이야. 우리가 사는 기숙사도 새롭게 개축한대."

"응, 그거야 당연히 들었는데. 그게 왜?"

"큰일 났어! 맨 처음에 여자 기숙사를 개축한다는데, 벽도 바닥
도 새로운 불연 재료로 바꾼다고 해서. 네네랑 친구들은 다들 여
자 기숙사에서 쫓겨나게 생겼어."

어휴⋯⋯. 하면서.

네네가 어깨를 축 늘어뜨렸다.

"여자 기숙사에 사는 병사들은 모두 다 짐을 싸서, 개축 공사 기간에는 다른 데 가서 살라고 했거든. 그래서 다들 엄청나게 당황했어."

"사령부에서 통지한 거잖아. 나한테도 연락 왔어."

이스카도 무관한 처지가 아니었다.

여자 기숙사 다음은 남자 기숙사일 테니까. 지금 한창 방을 정리하는 중이었다.

"그래도 대우가 나쁘진 않잖아? 여자 기숙사를 비워야 하는 동안에는 제도의 호텔에 묵게 해준다니까."

"응. 그래서 말인데⋯⋯."

네네가 우물쭈물하면서 말꼬리를 흐렸다.

이상하게 뺨까지 붉히면서. 소녀는 귀엽게 눈을 치뜨고 이스카를 쳐다봤다.

"네네는 오늘부터 이스카 오빠의 방에서 잘 거야."

"⋯⋯뭐라고?"

귀를 의심했다.

너무 갑작스러운 이야기였다. 이건 뭐라고 대답해야 하지?

"갈아입을 옷이랑 칫솔이랑 컵은 가져갈 거니까. 괜찮지? 와~ 진짜 기대된다!"

"뭔 소리야?! 자, 잠깐만. 뭔가 앞뒤가 안 맞잖아!"

제국군 기지 확충 계획——.

여자 기숙사 개축 공사 때문에 한동안 호텔에서 생활해야 할 테지만, 그 숙박비는 사령부가 지급하기로 했다. 네네로서도 아무 문제가 없을 텐데.

"왜 내 방에서 자려는 거야? 저기, 네네는 여자애잖아. 남자 기숙사에 몰래 들어와서 잔다는 건…… 여러모로 문제가 있는 거 아냐?"

"괜찮아, 네네는 신경 안 써."

"주변 사람들이 신경 쓰거든?! 애초에 남자 기숙사의 내 방은 넓지도 않고, 호텔에 묵는 게 100배는 더 호화롭게 지낼 수 있을 텐데."

"아, 그게——."

네네가 두리번두리번 주위를 확인했다.

아마도 남한테 들키면 안 되는 이야기를 하려나 보다.

"방금 네네도 호텔 숙박비를 받았어. 사령부에서."

"상당한 금액이지? 일주일 치 호텔비와 식비까지 지급된다고 하던데."

호텔 생활에는 돈이 많이 든다.

여자 기숙사에 있는 식당은 이용할 수 없으므로, 호텔 안에 있는 비싼 레스토랑을 이용해야 할 것이다. 그런 경비도 전부 사령부에서 지급해주기로 했다.

불편한 점은 하나도 없을 텐데.

"그래서 이스카 오빠의 방에서 자고 싶다는 거야."

"대체 그 '그래서'가 무슨 뜻인데?!"

호텔비는 지급받았다.

그런데 왜 네네는 이스카의 방에서 자고 싶다고 떼를 쓰는 걸까.

"네네, 자세히 설명해봐."

"응, 요컨대 우리는 여자 기숙사를 비워주는 동안에, 받은 호텔비의 범위 내에서 돈을 쓰면 되는데. 남은 돈은 반납하지 않아도 되거든. 그러니까……."

"그러니까?"

"이스카 오빠의 방에서 자면, 호텔비를 절약할 수 있잖아. 그 지급액이 고스란히 네네의 용돈이 되는 거지!"

"그건 사기잖아?!"

"사기 아니야!"

네네는 자신만만하게 가슴을 활짝 폈다.

"다른 애들도 다들 친구 집이나 친척 집에 가서 잔다고 했는걸. 그 돈으로는 쇼핑하거나 여행을 갈 거라고 했어."

"……정말 만만찮은 사람들이네."

호텔비는 지급됐지만, **구체적으로 어디에 묵으라는 명령은 받지 않았다.**

그러니까 그런 것이다.

사령부에 들켜도 아슬아슬하게 허용될 것 같은 범위 내에서 영리하게 행동한다. 무시무시한 여군들의 지혜였다.

"아니, 아무리 그래도 남자 기숙사는……."

"이스카 오빠의 방은 안 들킬 거야. 그리고 네네도 이스카 오빠도, 훈련할 때는 같은 텐트에서 자잖아? 그러니까 문제없지, 응?"

"윽, 그런 식으로 말하면……."

이스카와 네네는 같은 부대 소속.

제907부대 동료이므로, 같은 텐트에서 잠을 자는 것도 일상다반사였다.

"허락해주라, 응?"

그렇게 부탁하면서 네네가 귀여운 눈동자로 가만히 밑에서 이스카를 들여다봤다.

아기 고양이 같은 눈빛으로.

"…………."

"…………."

이윽고 먼저 항복한 사람은 이스카였다.

"……알았어, 내가 졌어. 이번 한 번만이야."

"와~ 이스카 오빠, 고마워! 당장 짐 가져올게!"

네네가 좋아서 펄쩍 뛰더니, 기운차게 기지의 복도를 따라 뛰어갔다.

이어서.

엇갈리듯이 이쪽으로 다가온 사람이 있었다. 이스카의 상사인 미스미스 대장이었다.

"앗! 이스카 군, 여기 있었구나?"

머리끝이 이스카의 가슴에 닿을 정도로 키가 작지만, 이래 봬도 어엿한 성인 여성. 제국군 부대를 지휘하는 역전의 여군이었다.

"나랑 네네가 사는 여자 기숙사 말인데. 개축 공사 때문에 살 수가 없게 된대. 일주일쯤 호텔에서 살아야 하는데, 그거 알아?"

"네, 당연히 아는데요……."

"이스카 군, 네 방에서 묵게 해줘."

"농담이죠?! 아니, 대장님, 무슨 말씀 하시는 거예요. 호텔 생활을 만끽할 기회잖아요!"

반사적으로 그렇게 대꾸했다. 그러나 미스미스 대장은 물러서지 않았다.

"이건 상사의 명령이야. 제907부대는 오늘부터 이스카 군의 방을 거점으로 삼습니다!"

"그게 무슨 명령이에요?! ……일단 물어보는 건데요. 이유가 뭐죠?"

"왜냐하면 제도의 호텔은 기지 내부에 없으니까!"

거침없이 대답하는 미스미스 대장.

"여자 기숙사는 기지 내부에 있는데, 호텔은 아무리 가까운 곳이어도 제도의 번화가까지는 걸어가야 하잖아? 그건 별로 좋지 않다고 생각해."

창밖——.

미스미스 대장이 번화가 방향을 가리키며 말했다.

"우리 기구 Ⅲ사는 긴급 출동 요원이잖아. 네뷸리스 황청과의 전쟁이 확대될 때는 누구보다도 신속하게 집합하는 것이 우리의 역할이야. 그러니까! 기지에서 먼 호텔이 아니라, 이스카 군의 방에 머무는 것이 제국 군인으로서의 올바른 자세인 거잖아?!"

"뭐라고요?!"

허를 찌르는 발상이었다.

도대체 무슨 황당한 이야기를 하려나 했더니. 놀랍도록 훌륭한 자세였다.

"미스미스 대장님, 감동했어요! 저는 또 네네랑 마찬가지로 대장님도 호텔비를 아껴서 용돈으로 쓰고 싶어 하시는 줄 알았는데……."

"응, 그런 목적도 있어."

"있어요?! 역시 용돈을 챙기는 게 목적이었군요!"

"앗, 이스카 군, 기다려봐!"

미스미스 대장이 한 손을 앞으로 내밀면서 'STOP' 포즈를 취했다.

"성급하게 굴지 마. 내 숭고한 목적은 아까 설명했던 대로 작전 전개의 효율성을 추구하는 거야. 호텔비를 용돈으로 쓴다? 그런 것은 사소한 부산물 같은 거야."

"그러면 제 방에 머무르셔도 되니까, 그 호텔비는 사령부에 돌려주실래요?"

"그건 싫어."

"그럼 용돈이 목적인 거잖아요?!"

"에이~ 뭐 어때? 이스카 군."

이스카의 손을 잡아끌면서 남자 기숙사 쪽으로 가려고 하는 대장.

"어차피 네네도 이스카 군의 방에서 묵을 거잖아?"

"어떻게 알았어요?!"

이번에는 이스카가 동요할 차례였다.

아무리 부대 동료여도, 남녀가 같은 방에서 묵는다는 사실을 남에게 들켰다간 큰일 날 것이다. 그것은 둘만의 비밀이어야 할 텐데.

"네네가 말해줬어."

"네네엣————!"

"저기, 이스카 군. 부하인 네네는 자기 방으로 초대했으면서, 설마 대장인 나를 버리지는 않겠지? 응?"

반론을 허락하지 않는 강력한 미소를 지으면서 슬금슬금 다가오는 여대장.

"아니면. 너희들, 혹시 그렇고 그런 사이야?"

"아닌데요?!"

"그럼 괜찮지? 좋아, 결정! 끝!"

"……네."

한 시간 후.

남자 기숙사에 있는 이스카의 방. 그곳에 커다란 여행 가방을 가진 미스미스 대장과 네네가 집합했다.

"와~ 있잖아, 네네는 이스카 오빠의 방에 오는 거 오랜만인 것 같아."

"나도 가끔 오긴 했는데, 잠자는 것은 처음일지도 몰라."

남자 기숙사에서의 외박──.

흔치 않은 이벤트라서 두 여자는 마치 수학여행이라도 온 것처럼 흥분한 상태였다.

"어디 보자. 대장으로서는 부하의 사생활도 점검하지 않을 수 없지. 당장 냉장고 내용물부터……. 오~ 제대로 자취를 하고 있네?"

"대장님, 이스카 오빠의 침대를 점검해보자."

"네네야, 그건 마지막 즐거움이잖아? 먼저 욕실부터 보자."

"둘 다 뭐 하는 거예요?!"

냉장고 문을 열고, 옷장 문을 열고, 책장의 책들을 일일이 살펴보고, 더 나아가 두 여자는 욕실 쪽을 보면서 눈을 반짝반짝 빛내고 있었다.

"흠? 이스카 오빠, 그 반응은……."

"수상해. 수상하지? 네네야. 뭔가 숨기는 게 틀림없어."

"오히려 당신들이 더 수상하거든요?! 왜 스파이 잠입수사라도 하는 것처럼 내 방을 탐색하는 거예요?!"

남들이 보면 안 되는 물건은 이스카한테도 없었다. 없다고 믿고 싶었다.

하지만 아무리 그래도 여자 둘한테 이렇게까지 꼼꼼하게 수색을 당하니, 이스카도 긴장할 수밖에 없었다.

"……차라도 내올게요. 대장님도 네네도 거실에서 좀 쉬어요."

"네~."

"아, 좋다~. 편안해."

거실에 편하게 드러눕는 두 사람.

"저기요……."

"응? 왜, 이스카 군?"

"아뇨, 대장님. 아무것도 아니에요. 편하게 지내세요……."

물론 내가 "쉬어요"라고 말했지만, 설마 벌렁 드러누워서 기다릴 정도로 편안하게 지낼 줄은 몰랐어요——라고 말하려다가 이스카는 꾹 참았다.

불길한 예감이 들었다.

혹시 이 방은 벌써 두 여자의 사유지가 되어가고 있는 게 아닐까?

"아…… 맞다. 뭐 하나 물어봐도 돼요? 왜 하필 내 방을 선택한 거죠? 남자 기숙사에는 진의 방도 있는데."

제907부대는 4인으로 구성되어 있다.

대장인 미스미스가 있고, 통신 담당자 네네가 있고, 이스카가 있고.

마지막 한 사람은 진이라는 저격수인데, 두 여자는 그의 방에서 잠을 잘 생각은 없어 보였다.

"……으음~ 저기, 알지? 네네야."

"응. 진 오빠는 좀⋯⋯."

입을 모아 그렇게 말하면서 네네와 미스미스 대장이 서로 얼굴을 마주 봤다.

"알다시피 진 군은 엄청나게 깔끔한 성격이잖아? 내가 놀러 갔을 때도, 방이 완벽하게 정리정돈 되어 있고 먼지조차 하나도 없어서 나 깜짝 놀랐었어."

"응, 맞아. 일반적인 여자 방보다도 훨씬 더 깨끗했다니까. 그래서 왠지 좀, 네네랑 대장님이 거기서 살면 숨이 막힐 것 같아서~."

데굴데굴 굴러다니면서 그렇게 말하는 네네.

"이스카 오빠의 방이 좋아. 적당히 청결한 이 분위기. 진 오빠의 방과는 달리, 한 3일은 청소를 안 해도 혼나진 않을 것 같잖아. 그렇지, 대장님?"

"맞아, 맞아. 이스카 군의 방은 조금 지저분해져도 될 것 같은 느낌이야."

네네 옆에서 똑같이 마룻바닥에 누워 있는 미스미스 대장이 말했다.

"이스카 군의 방에서는 맥주 캔을 쓰러뜨려서 맥주를 엎질러도 될 것 같아. 과자 부스러기를 바닥에 흘려도 되고."

"싫거든요?!"

"그럼 잠옷을 벗어서 바닥에 던져놓는 건?"

"그런 행동은 여자로서 부끄러움을 느끼면서 자제해주세요!"

아무리 상사여도 그렇지, 이곳은 내 방이다.

로마에 오면 로마법을 따라라.

고로 지시에 따라야 하는 것은 두 여자였다.

"두 사람 다 잘 들어요. 내 방에서는 얌전하게——."

찰칵.

분명히 잠가놨던 문이 바깥쪽에서 강제로 열린 것은 바로 그때였다.

"안녕~! 미스미스, 네네땅, 이스캇치. 셋 다 오랜만에 보네~?"

"앗, 리샤 씨?!"

"실례할게~."

쿵! 하고 거대한 트렁크를 현관에 내려놓자마자, 안경 쓴 엘리트 여군인 리샤가 마치 자기 집 드나들듯이 당당한 걸음걸이로 들어왔다.

천제의 참모인 리샤.

마치 천상계의 존재 같은 고위 간부인데, 동기인 미스미스와는 군사학교 시절부터 어울려온 친구였다.

"아, 이스캇치. 나도 홍차 좀 줘. 우유는 15cc, 설탕은 3g. 온도는 95도로 해주면 되니까, 부담 없이 만들어줘."

"스스로 만드시지 그래요?!"

"아~ 정말 곤란해, 곤란해. 이스캇치, 너도 내가 왜 여기 왔는지 궁금하지?"

"…………."

이스카는 힐끔 뭔가를 봤다. 리샤가 가져온 트렁크였다.

몹시 불길한 예감이 들었다.

구체적으로 말하자면, 미스미스 대장이나 네네가 여기 있는 이유와 같은 냄새가 났다.

"궁금하지 않아요. 설명하지 마시고, 그냥 돌아가세요."

"여자 기숙사 개축 공사. 알아?"

"……듣기 싫어요."

"아이~ 이스카, 왜 그래. 원래 사도성 동료였잖아. 그러니까 내 푸념도 좀 들어줘~."

리샤는 편하게 책상다리하고 앉았다.

그걸 본 미스미스 대장이 갑자기 몸을 일으켰다.

"어? 그런데 리샤야, 넌 간부이고, 여자 기숙사에 살지도 않잖아? 개축 공사 때문에 쫓겨나는 것과는 상관없지 않아?"

"응, 그건 그런데~. 개축 공사 소리가 시끄러워서 못 참겠어."

이스카가 준비한 홍차를 홀짝홀짝 마시는 리샤.

참고로 홍차 온도는 재지 않았고 설탕도 우유도 안 넣었는데, 리샤는 신경 쓰지 않는 것 같았다.

"난 간부라서 여자 기숙사에 살지는 않지만, 공사하는 소리가 시끄러워서 어제부터 잠을 못 잤거든. 피부도 뒤집혔고 스트레스가 엄청 쌓였다고. 아, 이스캇치. 홍차에 잘 어울리는 과자도 있으면 좋겠는데. 쿠키 없니?"

"여긴 카페가 아니거든요?!"

"아무튼. 나는 여자 기숙사 사람이 아니니까 호텔비도 받지 못

했어. 그래서 호텔에 묵으려면 내 돈을 내야 하는데…… 그때 문득 아이디어가 떠오른 거야!"

리샤가 트렁크를 가리켰다.

"미스미스가 머무는 호텔에 가서 같이 자면 되겠다! 그런데 미스미스한테 물어봤더니, 이스캇치의 방에서 잘 거라고 하는 거야."

"안 돼요."

"난 아직 아무 말도 안 했는데?"

"말한 거나 마찬가지잖아요!"

리샤의 트렁크 속에는 틀림없이 리샤의 「외박」 용품이 잔뜩 들어 있을 것이다.

"제 방은 미스미스 대장님과 네네만으로도 이미 꽉 찼어요."

"미스미스, 괜찮지?"

"응, 괜찮아~."

"내 의견은요?! 저기요, 대장님! 부하의 의견도 존중해줘야죠?!"

"아, 부하? 네네야, 괜찮지?"

"응."

"아니, 그러니까 내 의견은요————?!"

3 대 1, 다수결.

노도와 같은 여군 세 명의 침략으로, 이스카의 방은 눈 깜짝할 사이에 점령되었다.

이리하여.

외박이라는 명목의 여성 모임이 시작됐다.

"있잖아, 이스카 군의 방. 막상 살아보니까 좀 살풍경한 것 같기도 해."

햇빛이 비치는 거실에서 미스미스 대장이 방을 둘러봤다.

침실+거실+부엌으로 된 구조.

거실은 다소 넓은 편이지만, 방구석에는 이스카의 침대와 책장과 책상이 놓여 있어서 비좁아 보이긴 했다.

"그건 남자 기숙사니까 어쩔 수 없죠."

"아니, 그게 아니야. 이스카 군. 요컨대 이 방에는 즐거움이 부족해!"

미스미스 대장이 몸을 일으켰다.

그리고 자신이 가져온 가방 속을 뒤지기 시작했다.

"역시 인형이 있어야지!"

턱! 하고.

한 아름이나 되는 개 인형을 거실 한가운데에 설치했다.

"이거 봐, 귀엽지?"

"뭐 하는 짓이에요?! 잠깐만요, 대장님. 안 그래도 좁은 거실이 더 좁아지──."

그러나 이스카가 항의하는 사이에 나머지 두 여자도 행동에 나섰다. 한층 더 인테리어를 바꾸려고.

"네네도 여기에 꽃을 장식하고 싶어. 그리고 역시 대형 TV도 있어야지, 없으면 심심하잖아?"

책장 위에는 꽃병과 생화가 놓이고.

벽에는 네네가 자기 방에서 가져온 대형 TV가 걸렸다.

"좋아, 그럼 나는 전자동 마사지기와 러닝머신을 설치해볼까."

리샤한테서는 본격적인 러닝머신과 전자동 마사지기가 튀어나왔다.

"미스미스, 이 벽지도 새로 바꿀까?"

"꽃무늬가 좋을 것 같아."

"있잖아, 대장님. 네네는 여기다 아로마 가습기를 놓고 싶은데. 그래도 돼?"

"돼~."

"아니, 제 의견은요?! 저기요, 거기 세 사람. 제 말 좀 들어봐요!"

이스카가 비명을 질렀지만 소용없었다. 방은 순식간에 귀여운 여성 모임 장소로 변했다.

"……아아, 내 방이…….."

달콤한 향수 냄새가 나고 인형이 있는 방으로 변신.

단, 당연히 여자 세 명의 짐을 한꺼번에 모아놨으므로, 거실에 물건이 너무 많아서 몸을 움직이기 힘들었다.

"어라? 뭐야, 내가 앉을 곳이 없잖아?"

"대장님, 이쪽으로 와. 이스카 오빠의 침대 위가 비어 있어."

"이스캇치, 차 한 잔 더 줘."

"……부엌에 가고 싶어도 발 디딜 틈조차 없어요."

이스카는 바닥에 앉았고, 나머지 여자 세 명——미스미스 대
장, 네네, 리샤가 사이좋게 이스카의 침대 위에 편안히 자리 잡
았다.

"어~. 지금이 오후 세 시인가? 저녁밥을 준비하기엔 너무 이
른 시간이니까, 넷이서 게임이라도 하면서 놀자. 나 게임 도구 가
져왔어."

침대 위에서 리샤가 자기 트렁크를 가리켰다.

"이스캇치, 내 트렁크 좀 열어봐. 맨 위에 카드 게임 세트가 들
어 있을 거야."

"그래도 돼요? 여자의 개인 물품을 마음대로 보는 것은, 좀 미
안한 느낌이 드는데요."

"그래? 봤으면 책임져."

"무슨 뜻이에요……? 아, 이건가? 이『양과 늑대 게임』이란 카
드 세트, 맞죠?"

"맞아."

카드 세트를 받은 리샤가 네 사람에게 카드를 나눠주기 시작
했다.

"자기 카드는 남한테 보여주지 마. 일종의 추리 게임인데, 우리
는 귀여운 어린 양이야. 그런데 이 중에 딱 한 명,『늑대』카드를
받은 인물이 섞여 있습니다."

흠칫! 하고.

카드를 받은 네 사람이 일제히 서로의 얼굴을 살펴봤다.

"늑대에게 잡아먹히지 않도록 어린 양들은 서로 협력해야 해. 매 턴마다 어린 양들은 늑대를 추측할 수 있는 『사냥꾼』이나 『점술』 카드 등을 가지고 있으니까, 그걸 이용해서 늑대를 찾아내야 해."

리샤가 룰 북을 꺼내서 침대 위에 펼쳐놓았다.

"늑대는 『마을 사람』이나 『어미 양』 카드를 이용해 정체를 숨기는 거고. 그렇게 3턴이 지난 뒤, 여기 있는 사람들 전원이 제일 수상하다고 생각하는 인물을 선택한다. 늑대를 총살하는 거야."

"총살한다고?!"

미스미스 대장의 목소리가 떨렸다.

"리, 리샤야. 그게 뭐야?!"

"그냥 게임 속 이야기야. 그 결과, 늑대를 알아맞혔다면 어린 양 팀의 승리. 틀렸다면 늑대의 단독 승리. 어때, 간단하지?"

"——미스미스 대장님."

툭 하고.

지금까지 입을 다물고 있던 네네가 눈을 번뜩이며 한마디 던졌다.

"대장님이 수상해."

"뭐?"

"대장님. 방금 비명을 지른 것이 엄청나게 수상했어. 마치 진짜 늑대 같아."

"네, 네네야, 무슨 소리를 하는 거야?"

앳된 얼굴이 창백해진 미스미스 대장이 펄쩍 뛰면서 말했다.

"난 늑대 아니야! 이렇게 귀엽고 착한 너희들의 대장이, 어린 양을 잡아먹는 늑대일 리가 없잖아. 그렇지?!"

"…………."

"어, 네네야?"

"네네는 다른 사람들의 얼굴을 자세히 관찰하고 있었어. 카드를 나눠 받았을 때."

카드를 꽉 쥐고 있는 네 사람.

여기서 네네가 주목한 것은, 카드를 본 순간의 반응이었다.

"네네는 봤어! 미스미스 대장님은 카드를 받았을 때 『흠칫』 놀라는 표정을 지었어!"

"아, 아니거든?! 네네야, 믿어줘. 나는——."

"어휴, 둘 다 진정해."

벌써 충돌하기 시작한 두 사람 사이에 리샤가 히죽히죽 웃으며 끼어들었다.

"네네땅의 말도 일리가 있고, 아직 미스미스가 늑대로 확정된 것도 아니잖아? 그걸 지금부터 게임하면서 추리해 나가는 거야. 아, 맞다. 나 좋은 생각이 났어."

"……리샤 씨. 표정이 사악하네요."

"이스캇치, 그게 무슨 소리야? 내 마음은 수정처럼 깨끗하거든?"

윙크로 답한 리샤가 미스미스를 가만히 응시하더니.

"이 게임에서 진 사람이 오늘 저녁밥을 준비하는 거야. 늑대가 누구인지 맞히면 어린 양 세 명이 이기는 거고, 못 맞히면 늑대가 이긴다. 어때? 미스미스."

"리샤야, 왜 나를 보면서 웃는 거야……?"

"아니~ 그냥. 어차피 늑대가 누구인지는 아직 모르잖아. 안 그래, 늑대……가 아니라. 안 그래, 미스미스?"

"일부러 그랬지?! 방금 틀림없이 일부러 나한테 그렇게 말한 거지?!"

새파랗게 질린 미스미스 대장.

카드를 쥔 손도 떨리고 있었다. 누가 봐도 크게 동요한 모습이었다.

"자, 게임 시~작!"

리샤의 선언과 동시에 『양과 늑대 게임』이 개시됐다.

그런데 이 싸움은 이미 추리 게임이라고 할 수도 없었다. 모든 사람이 「미스미스=늑대」라고 확신하고 있었으므로.

"자, 네네 차례! 『사냥꾼』을 미스미스 대장님에게 사용한다. 이 카드로 지목된 플레이어가 늑대라면, 자백해야 한다!"

"네네야, 뭐 하는 거야?!"

"늑대는 미스미스 대장님인걸. 네네는 자신 있어. 자, 어때?"

"……윽."

네네가 사냥꾼 카드를 들이대자, 미스미스 대장은 우물우물하면서 말했다.

"나, 난, 늑대 아니야!"

"……뭐라고?"

"이럴 수가?!"

충격받아 술렁거리는 사람들.

그것이 의미하는 것은, 다시 말해.

"아, 네네는 눈치챘어! 대장님의 카드 중에 『마을 사람』 카드가 있는 거야. 그게 있으면, 『사냥꾼』을 써서 지목해도 거짓말을 할 수 있어. 리샤 씨, 맞죠?"

"맞아. 우선 미스미스의 카드 중에서 마을 사람 카드를 빼앗아야겠다."

"너무하는 거 아냐?!"

"제 차례입니다. 『점술』 카드로 미스미스 대장님을 지명합니다."

"이스카 군, 너마저?!"

네네, 리샤, 이스카 세 사람의 집중 공격을 당하는 미스미스 대장.

그러나 집요하게 반복되는 심문에 대해, 미스미스 대장은 세 턴 동안이나 결정적인 증거를 보여주지 않고 끝까지 도망치는 데 성공했다.

"이, 이제, 다들 알았지……? 나는 나쁜 늑대가 아니야!"

헉헉 거칠게 숨을 몰아쉬면서 미스미스 대장이 자기 가슴에 손을 대고 말했다.

"늑대는 내가 아니야! 나는 너희들의 착한 대장이고, 무해한 어린 양이야. 믿어줘!"

그리고 늑대를 결정할 시간이 왔다.

이곳에 모인 네 명의 다수결에 의해, 늑대로 추정되는 사람이 총살당한다.

운명의 순간이었다.

"미스미스 대장님."(이스카)

"미스미스 대장님."(네네)

"미스미스."(리샤)

"대체 왜————————?!"

필사적으로 호소했지만, 다수결에 의해 미스미스 대장은 총살(게임 속에서)을 당했다.

"어흑, 내 신용은 겨우 이 정도였어……?"

"자, 대장님. 빨리 카드 보여줘요. 늑대 카드————읏?!"

미스미스가 내놓은 카드를 뒤집어본 순간, 네네는 놀라서 비명을 질렀다.

"거, 거짓말이지?! 미스미스 대장님이 가지고 있던 카드는 어린 양이잖아?! 그럼 우리는 동료인 어린 양을 쏴버린 거야?!"

"이럴 수가?! 그럼 진짜 늑대는…… 설마!"

"……실은 저였어요."

늑대 카드를 뒤집어서 보여준 사람은 놀랍게도 이스카였다.

"이스카 오빠?!"

"이스캇치?! 어, 그럼 미스미스는 아까 왜 그렇게 동요한 거야?"

당황하는 네네와 리샤.

이스카가 늑대였다는 것보다는, 미스미스가 늑대가 아니었다는 사실에 두 사람은 더 큰 충격을 받은 듯했다.

"미스미스 대장님. 왜 그렇게 동요했어?"

"맞아. 손도 덜덜 떨렸잖아."

"……난 게임이 서툴러, 쉽게 긴장하는 편이거든."

"아, 헷갈리게!"

"미안해—————?!"

네네와 리샤가 압박하자, 미스미스는 허망한 비명을 질렀다.

"제가 이겼네요."

"윽……. 뭐, 하는 수 없지."

"우리 셋이서 저녁밥을 준비해야겠네."

부엌으로 걸어가는 여자 세 사람. 비록 게임에 지긴 했지만, 이 세 사람이 앞치마를 두른 모습은 무척 화사하고 예뻐 보였다.

미스미스 대장은 고양이 아플리케가 되어 있는 아동용 앞치마.

네네는 매우 세련되고 예쁜 프릴 앞치마.

리샤는 고급 식당의 검은색 요리사복이라는 본격적인 스타일이었다.

"이스캇치는 행운아야. 제국군 간부인 내가 직접 만든 음식을 먹다니."

"리샤 씨, 요리 잘해요?"

"구경만 해. 제국군 최신 미식을 보여줄게."

부엌으로 향하는 세 여자.

거실에서 상황을 지켜보는 이스카에게도 여자 셋의 떠들썩한 대화가 들려왔다.

"저기, 있잖아. 리샤야. 너 정말로 요리 잘해? 항상 내 방에서 마트 도시락을 먹었던 것으로 기억하는데."

"후후, 나 같은 천재는 조금만 연습해도 뭐든지 전문가처럼 잘할 수 있게 되거든? 특히 간은 아주 잘 봐."

"……간을 잘 봐?"

"플레이팅도 잘하고, 요리 레시피를 조사하는 것도 특기야."

"도움이 안 되는데?!"

"그건 아니지. 내가 그릇을 준비하고. 미스미스가 음식을 만드는 거야. 훌륭한 팀플레이………… 앗……."

쨍그랑.

이스카가 기다리고 있는 거실까지 들려왔다. 접시 깨지는 소리가.

"리샤야?!"

"으악, 어쩌지? 이스캇치의 큰 접시를 깨뜨렸어. 미스미스, 네가 말을 걸어서 그래."

"내 탓이라고?!"

"에이, 뭐 어때. 접시 하나 정도는 없어져도, 이스캇치도 모를 거야."

아는데요——.

속으로 그렇게 한마디 하는 이스카.

혼자 사는 남자의 집에 큰 접시가 있어봤자 몇 개나 있겠는가. 하나라도 줄어들면 눈에 띌 게 뻔했다.

"앗⋯⋯."

쨍그랑, 쨍그랑.

되풀이되는 비극.

부엌에서 들려온 것은 이번에도 접시가 깨지는 소리였다.

"아~ 미스미스, 뭐야."

"아, 아니, 그게! 나도 평소에 이렇게 큰 접시는 별로 들어본 적이 없어서⋯⋯. 이스카 군, 부엌에서 큰 접시가 몽땅 없어져도 눈치채지 못할까?"

당연히 눈치채죠——.

그토록 요란한 소리가 왜 거실까지 들리지 않는다고 생각하는 걸까. 이스카는 속으로 그 점을 지적했는데, 그러는 사이에도 여자 셋이 속닥거리는 소리가 들렸다.

"⋯⋯눈치 못 챌 테지?"

"괜찮아. 이스카 오빠는 의외로 얼빠진 구석이 있거든."

"걱정할 거 없어. 여차하면 그냥 큰 접시 두 개 대신에 내 사인지 두 장을 놔두면 되니까. 기뻐할걸?"

"안 기쁘거든요?!"

이대로 놔두는 것은 위험하다.

그걸 깨달은 이스카는 재빨리 거실 바닥을 박차고 일어났다.

"저기요, 세 분! 아까부터 수상한 소리와 대화가 들리는데요?"

"이, 이스카 오빠?!"

"눈치챘어?! 이, 이스카 군, 이러면 안 돼. 아직은 이쪽으로 오면 안 돼!"

"이스캇치, 이쪽은 소녀들의——."

여자 셋이 있는 부엌으로 갔는데.

거기서 이스카는 목격하고 말았다.

바닥에 흩어져 있는 큰 접시의 파편. 그리고 그 여자들이 손에 들고 있는 물건.

"……여러분, 그게 뭐예요?"

분말 콩소메 수프 봉지. (리샤)

3분 카레 팩. (네네)

복숭아 통조림. (미스미스 대장)

화사한 여자 세 명이 저마다 인스턴트식품 세트를 손에 들고 있었다.

"……이스카 오빠."

훗 하고.

쓸쓸한 미소를 짓는 네네.

"우리의 소중한 비밀을 이스카 오빠에게 들켜버렸네……."

"어, 네네?"

"이 3분 카레. 뜨거운 물로 데우고 접시에 잘 담아서 '네네가 직접 만든 카레야!'라고 하려고 했는데……."

애수를 자아내는 네네.

그 옆에서 리샤와 미스미스도 동조했다.

"나도 이 콩소메 수프를, 세 시간 걸쳐 푹 끓여서 만든 특제 수프라고 주장하려고 했는데……."

"나도 이 복숭아 통조림을, 이제 막 과수원에서 따온 신선한 복숭아라고……."

"거짓말하는 것도 정도가 있죠?!"

이스카는 세 사람이 들고 있는 물건을 가리키면서 소리를 질렀다.

"다들 왜 그래요?! 리샤 씨는 그렇다 쳐도, 네네와 미스미스 대장님은 원래 요리는 할 줄 알잖아요?"

요리를 할 줄 모르는 군인은 없다.

가혹한 훈련을 할 때는 특히 따뜻하고 영양가 있는 음식을 먹어야 하므로.

"셋 다 왜 그래요. 요리를 할 줄 알면서……."

"응? 그건, 그러니까……."

꼬물거리면서 부끄러워하는 여자들.

그런 세 사람을 대표해서 네네가 머뭇머뭇 말을 이었다.

"이 방에 잠자러 올 때, 우리는 식칼이든 뭐든 다 안 가지고 왔거든. 나이프와 포크는 가져왔지만……."

"처음부터 요리를 안 할 생각이었어?!"

참고로 이스카의 주방에 있는 식칼은 한 자루뿐이었다. 세 명이 있어도, 쓸 수 있는 사람은 한 명밖에 없었다.

"그래서 식칼을 안 써도 되는 요리가 좋겠다~ 싶어서."

"······아니, 저기······. 여자는 무조건 요리를 잘해야 한다! 하고 생각하는 건 아니지만. 아무리 그래도 이건 좀 심각한데."

급히 저녁밥 회의를 개최했다.

그래서 네 사람의 결론은 '오늘은 일단 고기만 구우면 되는 불고기를 먹을까?'였다.

이스카가 깨진 접시를 치우고.

미스미스가 여자 기숙사에서 군용 가스버너를 가져왔다.

그리고 네네와 리샤는 장을 보러 갔다.

"오래 기다렸지~?!"

마트에서 장을 보고 돌아온 네네는 불고기 세트로 꽉 찬 비닐봉지를 들고 있었다.

그걸 보자마자 미스미스 대장의 눈이 반짝반짝 빛났다.

"네네야, 이것은······?!"

자타 공인 불고기 마니아인 미스미스는 간파한 것이었다.

네네가 사 온 고기가, 쉽게 구할 수 없는 고급품이란 사실을.

"이 아름다운 반짝임! 틀림없어, 이건 환상의 최고 등급 A5 소고기. 제도의 마트에도 좀처럼 들어오지 않고, 들어오더라도 너무 비싸서 살 수 없는 특상품······ 네네야, 이걸 어떻게 손에 넣었어?!"

"응? 아, 그거. 내가 사는 거야."

태평하게 대답한 것은 리샤였다.

리샤는 비닐봉지에서 술을 꺼내면서 말했다.

"불고기 파티니까. 이왕이면 사치스럽게 하는 게 좋잖아?"

"그래도 비싸지 않았어?"

"아~ 괜찮아, 괜찮아. 사령부 경비로 청구할 거니까."

군대 간부님께서 가볍게 폭탄 발언을 하셨다.

"자, 이거 봐. 미스미스. 불고기 양념도 최고급으로 샀어. 어때?"

"리샤야, 너무 멋져!"

"흐흥? 뭐 이런 걸 가지고. 나같이 우수한 인간은, 사령부에 경비 청구를 하면 무조건 통과되거든."

미스미스 대장이 리샤를 와락 끌어안자, 리샤도 만족스러운 표정으로 대꾸했다.

"……들켰다간 징계 처분일 테지만."

"뭐라고요?! 리샤 씨, 방금 은근슬쩍 불길한 말을 했죠?!"

"아하하, 이스캇치는 걱정이 많구나? 괜찮아~. 여차하면 천제 각하의 명령을 받고 불고기를 구워 먹었다고 하면 돼. 그럼 사령부도 입 다물 거야."

"그런다고 입을 다무는 사령부도 걱정이 되는데요?!"

"자, 여러분!"

리샤가 맥주 캔을 높이 들면서 말했다.

"초호화 불고기 파티를 시작하자. 다 함께, 건배!"

미스미스와 리샤는 맥주 캔.

미성년자인 이스카와 네네는 주스를 들고 건배……를 하는 것도 잠깐이었고, 여자 셋의 시선은 이미 불판 위에 집중되어 있었다.

　"이스카 군! 이거. 다 익었어."

　고기 집게로 능숙하게 고기를 세팅하는 미스미스 대장.

　아무리 봐도 아마추어의 솜씨가 아니었다.

　진짜 고깃집 직원조차 울고 갈 정도의 솜씨였다.

　"대장님. 제 주방에 이런 고기 집게가 있었나요?"

　"아니. 내 거야."

　테이블 위에는 번쩍번쩍하게 손질해놓은 고기 집게들이 있었다.

　"기본적으로 자기만의 전용 베개와 칫솔과 고기 집게는 가지고 있어야지, 응?"

　"……베개나 칫솔과 같은 급이에요?"

　"같은 급이 아니야. 고기 집게가 제일 중요해."

　"그 정도예요?! 아니, 애초에 식칼은 안 가져오고 고기 집게는 가져온 것부터가 좀 이상하잖아요!"

　그런 대화를 하는 동안에도 미스미스의 손은 멈추지 않았다.

　이스카, 네네, 리샤가 선호하는 고기의 굽기는 각각 달랐는데, 미스미스는 그 제각각의 취향에 딱 들어맞도록 아주 절묘하게 굽는 방법을 조절했다. 그것도 세 사람의 식사 속도에 맞춰서.

　이 얼마나 숙련된 솜씨인가.

　"……대장님, 고깃집 직원도 될 수 있겠는데요."

"아~ 응, 나 고깃집에서 아르바이트한 적 있어."

"진짜로 했어요?!"

"제자를 받지 않는 것으로 유명한 고깃집 앞에서 사흘 낮 사흘 밤 동안, 눈이 내리는 가게 밖에서 제자로 받아 달라고 사정한 적도 있었어."

"군대 훈련보다도 더 진지하게 하셨네요……."

"사흘 낮 사흘 밤의 마지막 밤에, 내가 배고픔과 저체온증으로 쓰러졌거든. 그때 스승님은 비로소 제자가 되는 것을 허락해주셨어. 그때 배웠던 『고기 비법』은 아직도 똑똑히 기억해."

"제자가 됐다고요?! 게다가 그 비법은 뭔데요? 엄청나게 신경 쓰이는데, 왠지 물어보면 후회할 것 같아요!"

이스카도 처음 듣는 일화였다.

아마도 군사학교 시절, 미스미스가 아직 대장이 되지 않았던 때의 이야기일 것이다.

"……네네, 방금 이 이야기. 넌 알고 있었어?"

"당연하지~."

주스 캔의 내용물을 홀짝홀짝 마시는 빨간 머리 소녀.

"미스미스 대장님이~ 동물원에서~ 비스킷을 쳐서, 코끼리 아저씨가…… 코끼리 아저씨가, 고양이 대전쟁이다앗~."

"응?"

"어라~? 신기하네, 이스카 오빠가 빙글빙글 돌고 있어……."

이스카 시점에서는 아무리 봐도 이리저리 흔들리고 있는 것은 네네였다. 얼굴이 빨개진 채 후후후 웃고 있는데, 아무래도 말하는 투가 이상했다.

"있잖아, 이스카 오빠. 이 주스. 오묘한 맛이 나……."

"혹시 그거 술 아냐?!"

네네가 들고 있는 것은 주스가 아니라, 옆자리의 리샤가 마시던 맥주 캔 아닌가?

"하아아…… 왠지 몸이 뜨거워졌어. 네네는 이대로 별님이 되어버리는 걸까?"

"무슨 뜻인지 전혀 모르겠어. 아무튼 네네, 정신 차려."

"꽥~."

"이봐, 네네━━━━━━━━?!"

기절하듯이 쓰러지는 네네.

정신은 완전히 나가버린 것 같은데, 벌렁 드러누운 네네 본인은 더없이 행복한 얼굴로 웃고 있었다.

"리샤 씨, 실수로 네네의 주스를 마신 거 아니에요?"

"응? 아, 이스캇치, 잠깐만. 지금 미스미스의 잔에 맥주를 따라주느라 바쁘거든."

"아니, 저기요. 이건 중요한 이야기━━ 앗, 리샤 씨?!"

눈앞의 광경에 이스카는 놀라서 눈을 부릅떴다.

리샤가 손에 든 것은 맥주 캔이 아니라, 최고급 불고기 양념이었다. 그것을 빈 잔에다 붓고 있는 것이었다.

"……설마, 리샤 씨."

"아하하하하!"

"이 사람도 취했잖아————?!"

웃으면서 불고기 양념을 컵에 붓는 리샤.

이스카에게도 충격적인 새로운 사실이었다. 제국군에서 가장 총명하다고 알려진 리샤가 술 취하면 이렇게 망가지는구나.

"미스미스, 한잔 받아. 맥주야~."

불고기 양념인데요.

아무리 봐도 맥주의 황금색이 아니라 진한 갈색인데, 안타깝게도 정상적인 판단이 가능한 인간은 이스카밖에 없었다.

"으음."

불고기 양념으로 꽉 찬 컵을 들여다보는 미스미스 대장.

그 눈은 흐리멍덩해서 졸려 보였다.

"설마, 미스미스 대장님……."

"꿀꺽."

"마셨어요?! 미스미스 대장님까지 어느새 취해버렸잖아? 대장님, 안 돼요. 그런 거 마시면 배탈 나요!"

"맥주 맛이 이상하네."

"맥주가 아니에요! 진한 불고기 양념이거든요?!"

이미 모든 것이 돌이킬 수 없는 상태였다.

미스미스와 리샤는 원래 술에 약한지, 금방 취해서 맛이 가버렸다.

"아~ 리샤야, 너 술잔이 비었네? 술 따라줄게."

"저기요, 대장님. 그건 불고기 양——."

펄럭! 하고.

그런 말을 하는 이스카의 머리 위에 뭔가가 떨어졌다. 천 같은 것이었다.

"이게 뭐야…… 겉옷?"

"아~ 고기 구우니까 덥네. 나 좀 더워진 것 같아."

리샤가 겉옷을 벗고 셔츠 차림이 되었다.

그리고 이스카의 눈앞에서 셔츠 가슴팍의 단추까지 천천히 풀기 시작——.

"벗어야지~."

"벗지 마세요오오오오오옷?! 리샤 씨, 정신 차려요. 평소의 총명한 모습은 어디로 가버린 거죠?!"

"아하하하. 무슨~ 소리~ 하는 거야? 초코와플 군. 난 언제나 똑똑하거든~?"

"내가 초코와플이에요?!"

리샤는 순식간에 셔츠의 단추를 네 개나 풀어버렸다.

날씬하지만 볼륨 있는 리샤의 가슴이 드러나자, 이스카는 고개를 반대쪽으로 돌릴 수밖에 없었다.

"리샤 씨, 옷 입어요……!"

"아~ 이스카 오빠가~ 리샤 씨를 자세히 보고 있어~."

뒤에서 네네의 목소리가 들려왔다.

돌아볼 틈도 없이, 쓰러져 있던 네네가 이스카의 등에 찰싹 달라붙었다.

"앗, 네네야?!"

"후후, 이스카 오빠. 귀여워~."

활짝 웃으며 이스카를 끌어안는 네네.

여전히 술기운이 안 가셨는지 얼굴이 빨갰다.

"휴, 그래도 리샤 씨처럼 옷을 벗는 것보다는 낫나……."

"저기~ 네네랑 눈싸움 하자, 응? 웃는 사람이 지는 거야아하하하하하하!"

"아직 아무것도 안 했는데?!"

리샤는 취하면 벗는다.

네네는 아마도 웃음이 헤퍼지는 것 같았다.

그리고.

"내 인형~!"

"저는 인형이 아니에요!"

이번에는 미스미스가 이스카의 팔뚝을 끌어안았다.

"어라~? 내 바디필로우. 원래 이렇게 딱딱했나?"

"부하를 바디필로우와 착각하지 마세요."

"쿨쿨……."

"이 상황에서 잠을 자요?! 내 팔을 베개로 삼지 말아요! 아아, 다들 정신 좀 차리라고요!"

그런 이스카의 소망도 헛된 것이었다.

"베개 던지기 대회, 시~작!"

셔츠의 가슴팍을 시원하게 열어젖힌 리샤가 미스미스의 인형을 집어 들고 일어났다.

"아~ 리샤야~. 그거 내 인형——."

퍼억! 소리를 내면서, 인형이 미스미스의 안면을 직격했다.

물론 리샤가 던진 것이었다.

"…………."

"대, 대장님? 괜찮아요?"

"너, 나 공격했지~?!"

미스미스 대장이 생글생글 웃으며 일어났다.

방금 자신을 때린 인형을 리샤에게 도로 던졌다.

"이얍~!"

그러나 술에 취해 비틀거리는 상태로 인형을 잘 던지는 것은 불가능했다.

인형이 허공을 날아——.

리샤와는 아무 상관도 없는 거실 벽에 부딪쳤다.

비상경보 장치.

제국군 기숙사에 반드시 설치되어 있는 그 긴급용 스위치에.

"앗……."

"명중~!"

미스미스가 기쁘게 소리를 지른 직후, 비상경보 장치에서 요란한 사이렌 소리가 울려 퍼지기 시작했다.

——『비상사태 발생, 긴급사태입니다.』

울부짖는 사이렌.

이스카의 방은 새빨간 빛으로 물들었다. 이곳이 발생지라는 것을 한눈에 알 수 있는 색깔로 변한 것이다.

"큰일 났다아아아아아아아앗!!"

"긴급사태? 뭔데?"

"대장님이 방금 던진 인형 때문이에요!"

"……쿨쿨."

"또 자잖아?! 윽…… 사이렌을, 사이렌을 멈춰야 해!"

이곳은 제국의 군사 기숙사이다.

사이렌 소리를 들은 무장 제국 병사가 틀림없이 몇 분 내에 이쪽으로 달려올 것이다.

"통보를 중단시켜야————."

"아하하! 이스카 오빠, 재미있다~."

"네네?! 자, 잠깐만. 부탁이야. 먼저 이 상황을 중단시켜야 해!"

웃음이 헤퍼진 네네가 이스카의 팔뚝에 달라붙어 떨어지질 않았다.

"안~ 돼. 이스카 오빠는 네네 거야~."

"어머나. 이스캇치, 즐거워 보이네. 나도 같이 놀래~."

한술 더 떠서 리샤도 뒤에서 이스카를 끌어안았다.

손을 뻗었는데 몇 센티미터 부족했다.

손가락 하나만큼만 더 전진하면, 벽의 경보 장치에 손이 닿을 텐데.

"둘 다 그만 해요, 이거 놔요————————!!"

"아하하하하하!"

"이스캇치, 등이 따뜻해~."

그때 방문이 부서졌다.

무장한 긴급 기동대가 도착한 것이다.

"여기서 경보가 울렸나?!"

"우리가 왔으니까 이제 괜찮아. 안심해도————."

총을 들고 있는 무장 병사들.

그들이 본 것은 이스카의 방에서 날뛰고 있는 세 여자의 망가진 모습이었다.

"…………."

겉옷을 벗고 셔츠 옷깃을 활짝 열어젖힌 리샤, 웃느라 숨넘어가는 네네. 게다가 미스미스 대장도 어느새 상의를 벗고 있었다.

"…………."

난감했다.

무장 병사들이 뭔가 엄청난 오해를 하게 된 것 같았다.

"아, 아뇨, 아니에요. 이건……."

필사적으로 손을 흔드는 이스카. 그러나 무장 병사들에게 자비란 없었다.

"본부에 연락해. 여자 세 명을 무사히 보호했다고. 그리고 용의자를 구속했다고."

"용의자?! 저요?!"

"치한 용의자. 동행을 요청한다."

"저, 아니라니까요————?!"

사건 보고서——.

제국 병사 이스카.

여자 세 명을 자기 방으로 끌고 간 치한 용의자로서, 제국 사령부에서 취조 중.

한편 본인은 범행을 부인.

═══════════

장소가 바뀌어서.

마녀의 낙원『네뷸리스 황청』, 왕궁.

"————."

"저, 저기요. 앨리스 님……?"

친애하는 주인 앨리스의 기분이 몹시 안 좋은 것을 피부로 느끼고, 시종 린은 조심스럽게 그 안색을 살피는 중이었다.

"……이게 어떻게 된 걸까."

앨리스리제 루 네뷸리스.

눈부신 금발과 사랑스러운 외모가 잘 어울리는 미소녀……인데, 지금 앨리스의 눈빛은 아주 살벌했다.

"린, 이 사건 보고서는 어제 거지?"

"아, 네."

"이 기사에 적힌 제국 병사 이스카. 이게 그 이스카일까?"

"……네, 아마도."

"그렇구나."

앨리스의 고요한 분노.

물론 린에게 화풀이를 하지는 않았지만, 그 말 한마디 한마디에서 짜증이 배어 나오는 것이 느껴졌다.

"린. 이거, 어떻게 생각해?"

"그, 그건……."

어떻게 생각하느냐고 물어보셔도 말이죠.

제국 검사 이스카는 적병이다. 그것도 주인 앨리스에게는 최대 강적이다. 시종인 린의 입장에서는, 그가 이대로 영원히 취조나 받았으면 좋겠다고 생각하는데.

"이스카가 치한이라고? 말도 안 돼. 그런 짓을 할 리가 없잖아!"

앨리스는 그러지 않았다.

자신의 소중한 라이벌에게 왜 이런 어처구니없는 혐의를 씌웠느냐? 하고 제국에 대한 분노를 폭발시키는 중이었다.

"린, 어때?"

"아, 네……. 그게……."

이대로 계속 구속되어 있으면 좋을 텐데——.

라고 솔직하게 말하면, 앨리스는 린에게 화를 낼 것이다.

"그 제국 검사가 우리나라의 적이란 사실은 미리 말씀드리고 싶습니다만……. 그래도 그 녀석은, 인간으로서의 공서양속을 위반하는 짓은 하지 않을 겁니다."

"그래, 네 말이 맞아!"

앨리스는 주먹을 불끈 쥐었다.

"왠지 음모의 냄새가 나!"

"음모요?"

"이스카가 치한 행위를 할 리가 없어. 틀림없이 제국군 내부에서 무슨 문제가 발생한 거야. 누군가가 이스카를 함정에 빠뜨리려고 하는 거지. 맞아, 그거야!"

"아, 네……."

"린, 당장 이스카를 석방시키기 위한 보석금을 준비해!"

"네?! 적을 도와주라고요?!"

"적이니까 도와주는 거야."

앨리스는 이미 굳게 결심했다.

"내가 전장에서 결판을 내야 할 상대가, 이런 치한 혐의 때문에 체포된다는 것은 있을 수 없는 일이야. 왜냐하면——."

창문 쪽을 돌아봤다.

제국의 영토가 있는 남쪽을 똑바로 바라보면서.

"감히 나를 제쳐두고, 이스카가 다른 여자에게 손을 댈 리 없거든!"

"그런 식으로 표현하면 오해가 생기잖아요?!"

"왜? 라이벌인걸."

앨리스는 더없이 진지했다.

하기야 실제로 오해가 생길 만한 대사였지만.

"나와 이스카는 별의 운명으로 맺어진 (다시 싸우길 맹세한) 사이야!"

"그러니까 더더욱 커플 같잖아요?!"

"아무튼! 이스카, 너한테는 내가 있잖아. 그런데 넌 도대체 무슨 짓을 하는 거야————?!"

훗날.

이스카가 무죄 방면으로 석방됐다는 소식을 들은 앨리스는 만족스럽게 고개를 끄덕거렸다.

File.04

너와 나의 최후의 전장,
혹은
앨리스의 신부 전쟁?

the War ends the world /
raises the world
Secret File

"큰일 났어, 이스카 군! 대사건이야!"

"아, 네. 대사건이요. 그래서 오늘의 합동 훈련은——."

"……저, 저기요, 이스카 군? 내 말 좀 들어보라니까?!"

"미스미스 대장님이 대사건이라고 할 때는 어차피 별것도 아닌걸요."

제도 융메룽겐.

그곳의 제3지구에 있는 군사기지에서 제국 검사 이스카는 느긋하게 돌아보면서 말했다.

"밖에 버려진 고양이가 있을 때는, 고양이를 주워서 상담소에 데려다주면 돼요."

"그거 아니거든?!"

"주정뱅이가 기지 밖에서 자고 있을 때는 경비대를 불러서……."

"아니라니까?!"

조그만 여대장이 힘차게 고개를 옆으로 흔들었다.

미스미스 클라스 대장.

앳된 얼굴과 귀여운 동물 같은 행동 때문에 무척 어려 보였지만, 이래 봬도 어엿한 성인 여성. 제907부대를 지휘하는 여군이었다.

그런 대장님이.

"진짜로 엄청난 소식이야. 틀림없이 제국군 전체가 놀랄걸?!"

"……그렇게 중대한 소식이라면 사령부가 직접 연락해주지 않을까요?"

"내가 입수한 특종이야! 자, 이거 봐!"

대장님이 들고 있는 것은 제도의 역에서 배포된 잡지였다.

——충격 진실, 발각!

네뷸리스 황청의 왕녀에게 애인이 있었다?!

"……음."

"어때, 굉장하지?"

"아, 이 밑에 있는 기사요? '제도 3번가의 카페에서 아기 고양이가 태어났습니다'……."

"아니거든?! 여기 이거, 황청의 왕녀에게 애인이 있다는 기사!"

네뷸리스 황청이란 무엇인가.

한마디로 말해, 이스카를 비롯한 제국군이 맞서 싸우고 있는 적국이었다.

세계 양대 강국——.

이스카와 동료들이 속해 있는 제국은, 마녀의 낙원『네뷸리스 황청』과 100년에 걸친 전쟁을 계속하고 있었다.

"……적국의 왕녀에게 애인이 있다는 사실이 발각됐다고요? 그게 그렇게 호들갑 떨 만한 사건인가요?"

"대사건이지, 이스카 군! 이렇게 소문이 났는데, 이 애인이란 남자도 틀림없이 상당한 거물일걸? 어떤 나라의 왕족일지도 몰라!"

미스미스 대장의 목소리에 힘이 실렸다.

"이 커플이 성립되면 황청 측에 강력한 동맹국이 생기는 거야. 우리 제국군을 위협하는 세력이 그만큼 커진다는 뜻이고."

"아, 그렇군요."

이스카는 한낱 소문이라고 생각해서 대충 흘려듣고 있었는데, 확실히 이건 제국군과 상관있을 가능성도 있었다.

미스미스가 당황하는 것도 이해가 갔다.

"그런데 이건 소박한 의문인데요. 왜 제일 먼저 저한테 가르쳐 주신 거예요? 보통은 사령부에 먼저 연락하지 않나요?"

"왜냐하면 이스카 군이 찍혀 있으니까. 이 기사에."

"……네?"

내가 찍혔다고?

네뷸리스 황청의 왕녀에게 애인이 생겼다는 기사에?

"무슨 뜻이에요?"

"이거 봐. 여기 이 기사 구석에 사진이 실려 있잖아. 애인일 거라고 보도된 남자의 뒷모습이 이스카 군이랑 똑같아."

"어휴, 또 그런 농담을………… 어? ……."

남자의 뒷모습이 찍힌 사진. 그것은 확실히 자신과 똑같았다.

자유롭게 뻗친 검은 머리카락. 날씬하지만 잘 단련된 등.

……진짜로 닮았다.

……복장도 똑같았고.

사진 속의 남자가 입고 있는 겉옷은, 이스카가 가지고 있는 겉옷과 매우 비슷했다.

배경이 된 거리도 낯익었다. 이스카가 자주 가는 중립도시 에인의 번화가가 틀림없었다.

"이스카 군, 설마 제국을 배신하고 적인 네뷸리스 황청으로……."

"자, 잠깐만요, 대장님! 물론 저와 비슷한 느낌이 나긴 하지만요!"

미스미스 대장이 의심하는 표정을 짓자, 이스카는 허둥지둥 손을 휘저었다.

"저 아니에요. 그냥 저랑 비슷한 남이에요."

"……진짜?"

"전 짚이는 것이 없어요. 애초에 적국 왕녀의 애인이라니. 제국 군인인 제 처지를 생각해보면 이상한 이야기잖아요?"

말은 그렇게 하면서도──.

실은 이스카는 짚이는 것이 있었다.

서로 아는 사이라는 점에서는, 기억나는 황청의 공주님이 한 명 있었다.

단, 이스카와 「그 여자」는 사귀는 사이가 아니었다.

전장의 라이벌이었다.

'설마, 앨리스가? ……하지만 앨리스가 제멋대로 이런 짓을 할 리는 없고, 그냥 뭔가 착각한 거겠지.'

애초에 앨리스가 자신을 애인이라고 소문낼 이유가 없었다. 즉, 이것은 그냥 우연히 닮은 사람이다. 이스카는 그렇게 결론을 짓기로 했다.

"제 외모는 평범하잖아요. 원래 뒷모습은 다 비슷비슷한 거
죠, 뭐."

"으음…… 그런가? 하긴, 그래. 이스카 군이 적국 왕녀의 애인
이라니, 그럴 리가 없다."

미스미스 대장도 납득했다.

"이스카 군, 미안해. 너무 닮아서 일단 물어봐야겠다고 생각
했어."

"에이, 아녜요. 신기한 우연의 일치네요. 저랑 닮았다니."

기사의 사진을 보면서 이스카는 태평하게 고개를 끄덕거렸다.

설마.

설마 그것이 진짜 자기 사진인 줄은 꿈에도 모르고.

━━━━━━

며칠 전——.

마녀의 낙원『네뷸리스 황청』.

그 왕궁의 어느 방에서.

"……큰일이야. 정말로 큰일 났어. 곧 어마마마가 오실 거야!"

앨리스는 친어머니인 여왕의 방문을 두려워하고 있었다.

"린, 문은 닫혀 있지?"

"네…… 네, 앨리스 님."

"응, 수고했어. 혹시 모르니까 창문도 닫아줘."

앨리스리제 루 네뷸리스.

눈부신 금발과 사랑스러운 외모를 지닌 청순가련한 왕녀.

제국군이 「빙화의 마녀」라고 부르며 두려워하는 존재이고, 특히 제국 검사 이스카와는 서로 라이벌이라고 생각하고 있는데 그것은 두 사람만의 비밀이었다.

바로 그 앨리스가——.

한 달에 한 번. 겁에 질리는 날이 있었다.

"앨리스 님."

앨리스의 소녀 시종 린. 그녀가 문을 가리키면서 돌아봤다.

"시간이 다 됐어요. 여왕 폐하가 오셨나 봅니다."

"안 돼, 린. 절대로 열면 안 돼!"

허둥지둥 거실 안쪽으로 도망치더니.

커다란 책장 뒤에 숨어서 얼굴만 조심조심 빼꼼 내밀고.

"난 외출해서 집에 없는 거야. 어마마마에게 그렇게 말해줘!"

"외출이라뇨. 좀 전까지 회의에 참석하셨잖아요."

"그, 그럼…… 감기 걸린 거야. 콜록, 콜록…… 이거 봐, 은근히 머리도 아프고 열도 나는 듯하고. 나 쓰러질 것 같아!"

"안색은 무척 좋아 보이는데요."

"아, 아무튼 안 돼. 오늘은 어마마마를 만날 생각이——."

"다 들립니다. 앨리스."

"꺄악?!"

잠겼던 문이 강제로 열렸다.

아차, 그러고 보니 어머니는 이 방의 열쇠를 가지고 있었다. 앨리스는 그 치명적인 사실을 뒤늦게 깨닫고 한숨을 푹 내쉬었다.

"어마마마……."

"안녕하세요, 앨리스. 어쩐지 불안해 보이는 표정인데요. 무슨 일 있나요?"

네뷸리스 8세——.

제국군이 「마녀 중의 마녀」라고 부르며 두려워하는 존재인데, 이 여왕은 아름다운 용모와 우아한 자태로 황청 국민의 열렬한 지지를 받고 있었다.

그리고 왕녀 앨리스에게는 친어머니였다.

"휴. 이건 운반하기도 힘드네요."

턱 하고.

여왕이 앨리스의 책상에 사진 앨범을 산더미처럼 쌓아 올려 놨다.

"이건, 설마……."

"이번 달 맞선 상대 후보입니다."

"꺄아아악————?!"

비명을 지르며 뒷걸음질 쳤다.

그렇다. 이게 바로 앨리스가 두려워하는, 한 달에 한 번 있는 『맞선 상대』고르기였다.

"어마마마! 전 아직 남자 친구도 없는데, 그것도 건너뛰고 결혼을 위해 맞선을 보라고요?! 너무 이르잖아요!"

"앨리스, 이것은 당신이 좋은 애인을 찾는 데 필요한 일이에요."

앨범 한 권을 집어 드는 여왕.

"17살이 된 왕녀는 슬슬 애인을 찾아야 합니다. 이는 왕궁 전체의 의견이자, 왕녀의 사명입니다."

"……으, 으윽?!"

이래 봬도 근본적으로 성실한 성격이었다.

앨리스에게「왕녀의 사명」이란 것은 굉장히 설득력 있는 단어였다.

"하오나 어마마마, 왕녀이기 이전에 저는 한 명의 소녀입니다. 그리 쉽게 맞선이란 말씀을 하셔도, 그것에 따를 수는——."

"이번 달 숙제는 세 명입니다."

"이미 결정된 거예요?!"

"앨리스, 이것은 행복한 일이에요. 당신과 한 번이라도 만나기를 바라는 사람이 정말로 많거든요."

앨리스에 대해서는 매일매일 주변 국가들의 혼담이 들어왔다.

왕족, 기업가, 자산가 등.

차기 여왕 후보라는 앨리스의 지위는 매력적이었는데, 또 그보다 더 큰 이유는 앨리스라는 열일곱 살 소녀의 미모일 것이다.

"그런데 왜 저한테만 그러세요. 일리티아 언니와 시스벨은 내버려 두시면서."

앨리스는 세 자매 중 차녀였다.

나이가 비슷한 언니와 여동생도 있는데, 그 두 사람이 맞선 보라는 명령을 받았다는 이야기는 들어보지 못했다.

"어마마마, 왜 저한테만 그러시는 거예요?"

"장녀 일리티아는 여러 외국을 다니는 중입니다. 성에 없으니, 맞선을 볼 수도 없죠."

"하지만 막내 시스벨은 성에 있잖아요."

"그 애는 불가능해요."

여왕이 단호하게 고개를 가로저었다.

"그 애는 애초에 방에서 안 나오니까요."

"……그렇죠."

그랬다.

여동생인 제3왕녀 시스벨은 극도의 은둔형 외톨이이고, 극도로 낯을 가린다.

최근에 약 한 달 가까이 여동생이 밖에 나와 있는 모습을 앨리스는 본 적이 없었다. 억지로 결혼 이야기를 꺼낸다면, 그 반동으로 1년 동안 방에서 안 나올 것이다.

"그래서 장녀와 삼녀의 몫까지 앨리스에게 맡기는 겁니다. 잘 부탁해요."

"그 숙제 세 명은 세 자매 분량이었던 거예요?! 저기요, 어마마마?!"

"나는 지금부터 회의에 참석할 겁니다."

앨리스의 제지에도 개의치 않고 여왕은 방에서 나가버렸다.

남은 것은 앨리스와 린, 두 사람뿐이었다.

"……대, 대체 왜……."

"앨리스 님의 심정은 이해합니다만, 어쩔 수 없는 부분도 있다고 생각해요."

앨범을 든 린의 눈빛은 더없이 진지했다.

"여왕 폐하에게 앨리스 님은 소중한 딸입니다. 그래서 훌륭한 남자 친구가 생기기를 바라시는 거죠."

"……그건 아는데."

눈앞에 있는 소파에 비틀비틀 몸을 기대더니.

"내가 생각하는 연애는, 이렇게 인위적인 만남이 아니야. 내가 추구하는 것은 운명적인 만남이야!"

앨리스도 꽃다운 나이의 소녀였다. 연애에 대한 취향도 당연히 있었다.

연애를 할 거면——.

역시 드라마틱하고 환상적인 만남이 좋잖아. 당연히.

"치……."

"그렇게 뾰로통한 표정 짓지 마시고. 맞선 상대니까, 앨리스 님이 직접 고르셔야죠."

앨리스가 삐쳐 있는 동안에도 린은 적당한 상대를 선정하고 있었다.

"이분은 어때요? 이웃나라 의사입니다. 의대를 수석으로 졸업한 청년인데, 앨리스 님에게 혹시나 무슨 일이 있더라도 의사가 있으면 안심이 되니까요."

"……누구든 상관없어. 어차피 거절할 거니까, 린, 네가 정해."

소파에 누워버리는 앨리스.

테이블 위에 쌓여 있는 앨범을 멍하니 보면서 말했다.

"있잖아, 린. 이번 달에는 특히 신청자가 많은 것 같지 않아?"

"아, 그건——."

린이 앨범 페이지를 넘기는 손을 멈추고, 문득 뭔가 생각났다는 듯이 손뼉을 쳤다.

"지난달 맞선 상대를 모집할 때 앨리스 님의 스냅사진을 공개해서 그런 게 아닐까요?"

"내 사진?"

"네. 앨리스 님이 해수욕장 개장 행사에 참여하셨을 때의 사진이요. 자, 이거."

"수영복이잖아?!"

기세 좋게 벌떡 일어났다.

이어서 엄청난 기세로 앨범을 펼치고, 거기 있는 사진을 뚫어지게 봤다.

"이건……?!"

하얀 모래사장, 보석같이 파란 바다.

찬란하게 빛나는 태양을 바라보면서 우아하게 미소 짓는 수영복 차림의 앨리스——.

"이, 이이이이게 뭐야?!"

"네, 그러니까 지지난달 해수욕장 개장 행사에서."

"아니, 그게 아니라! 난 이런 사진을 찍은 기억이 없는데?!"

동행한 부하가 몰래 찍었나 보다. 그런데 앨리스의 얼굴이 새빨개진 이유는, 단순히 그게 수영복 차림이라서 그런 게 아니었다.

"이건 사적인 여행이었잖아?"

"네."

"마음 편하게 지내시라는 말을 들었고, 그래서 좀 화려한 수영복을 입어볼까? 했던 것은 기억하는데……."

꽤 대담한 수영복을 선택한 결과──.

앨리스의 풍만한 가슴이 수영복 밖으로 당장이라도 흘러넘칠 것처럼 노출되어 있었다.

허리도 완벽하게 드러나 있었고, 물에 젖은 금빛 머리카락이 하얀 피부에 찰싹 달라붙어 있는 것도 요염해 보였다.

……스스로는 전혀 몰랐는데.

……나 이렇게 노출이 심했었나?

자기가 봐도 무척 섹시한 모습이었다.

생각도 못 했던 수치심이 밀려와서 앨리스의 얼굴이 저절로 붉어질 정도였다.

"아니, 잠깐만. 맞선 상대를 모집하면서 이런 사진을 공개했단 말이야?!"

"네. 대신들이 만장일치로 가결했다고 합니다."

"세상에, 나도 모르는 사이에 그런 회의를 했다고?!"

"이 수영복 사진을 공개했더니 세계적으로 맞선 희망자가 엄청나게 증가해서요. 효과는 확실히 좋더군요."

"전혀 기쁘지 않은데?!"

탕! 하고 테이블을 쳤다.

앨리스의 수영복 차림——.

백일하에 드러난 소녀의 맨살을 보고 혈기 왕성하게 몰려드는 남자들.

"……너무 싫어."

"앨리스 님의 사진. 반응이 폭발적이네요."

"어휴, 바보! 다들 음흉하기 짝이 없어, 아, 난 몰라!"

앨리스는 울부짖듯이 그렇게 소리를 지르더니 또다시 소파 위에 풀썩 쓰러졌다.

맞선 당일——.

왕궁 라운지에서 앨리스는 만나기로 약속한 상대를 기다리고 있었다.

"앨리스 님, 이제 곧 올 거예요."

"……휴. 내키지 않아."

앨리스는 예쁜 맞선용 옷을 입고 있었지만, 이렇게 의자에 앉아 있기만 해도 절로 한숨이 흘러나왔다.

"린, 오늘은 세 명이지?"

"네. 물론 앨리스 님이 마음에 드는 인물이 있다면, 거기서 끝

내버리셔도 문제는 없다고 생각합니다."

"……그래."

시선을 천장으로 옮겼다.

맞선 상대가 올 때까지 시간은 거의 안 남았다.

"좋아, 나 결심했어. 린!"

"네, 앨리스 님?"

앨리스가 벌떡 일어나자, 린은 깜짝 놀란 것처럼 고개를 들었다.

"갑자기 왜 그러세요?"

"의욕이 생겼어. 어차피 어마마마의 명령이라면 따르지 않을 수 없고, 내가 계속 우울해하면 시종인 너도 불편할 거 아냐?"

"앨리스 님……!"

린이 감동한 것처럼 떨리는 목소리로 말했다.

"드디어 이해해주신 건가요?! 게다가 시종인 저에게까지 신경 써주시다니, 참으로 기쁩니다!"

"이 정도는 당연하지. 린, 남자 친구로 삼을지 말지는 내 기준 대로 선택해도 되는 거지?"

"네! 부디 앨리스 님이 원하시는 대로 마음껏 생각해주세요!"

"……그래."

후훗 하고.

앨리스가 의미심장한 미소를 지었지만, 감동한 린은 그것을 눈 치채지 못했다.

——똑똑.

문 너머에서 노크하는 소리가 났다.

왔다. 첫 번째 상대.

"자, 앨리스 님. 저는 안쪽 방에 숨어 있을게요. 맞선 상황은 카메라로 지켜보겠습니다!"

"응, 나만 믿어."

린이 떠나기를 기다렸다가 앨리스는 문 너머를 향해 말을 걸었다.

"들어오세요."

"안녕하세요. 앨리스리제 왕녀님. 이렇게 뵙게 되어서 영광입니다."

방에 들어온 사람은 격식 있는 하얀색 양복을 입은 키 큰 청년이었다.

잡지 모델과 청년 실업가라는 두 개의 직업을 가진 화려한 경력. 뚜렷하고 단정한 이목구비가 늠름함과 청결함을 자아내고 있었다.

"안녕하세요. 편하게 앨리스라고 불러주세요."

"네, 그럼 다시 한번…… 만나서 반갑습니다. 앨리스 공주님. 사진 속에서도 아름다우셨지만, 지금 이렇게 만난 당신은 그 사진조차도 빛이 바랠 정도로 아름다우시군요."

"어머나, 영광이네요."

입을 손으로 가리면서 웃었다.

그 사진이란 것은 문제의 수영복 입은 사진이잖아요? 하고 지적하고 싶은 것을 이성의 힘으로 꾹 참았다.

"그런데 갑작스러운 이야기지만요. 제 나름대로 심사 방법을 생각해봤습니다."

"심사요?"

"네. 머리 위를 봐주세요."

"머리 위?"

청년 실업가가 고개를 들었다.

바로 그 순간, 그의 이마를 향해 해머처럼 생긴 얼음덩어리가 힘차게 낙하했다.

딱! 하고.

얼음덩어리가 엄청 아프게 직격했다.

"……으, 윽~."

얼음 해머로 머리를 맞은 맞선 상대는 순식간에 쓰러져버렸고.

그대로 기절했다.

"응, 실격. 다음 사람~."

"앨리스 님, 뭐 하시는 거예요?!"

린이 방 안쪽에서 뛰쳐나왔다.

"맞선 상대를 성령술로 공격하다니, 이러면 어떡해요?!"

"공격한 게 아니야. 이것은 심사야."

"심사요?"

"응. 저 남자를 봐."

"……머리에 큼직한 혹을 달고 기절한 것처럼 보이는데요."

"맞아. 이러면 안 되는 거야!"

바닥에 엎어져 있는 남자를 가리키면서 앨리스는 힘주어 단언했다.

"내 애인이 되려면 최소한의 실력은 필요하잖아, 안 그래?"

앨리스는 평범한 왕녀가 아니다.

마녀의 낙원——강력한 성령술을 사용하는 자들의 왕녀이다. 그런 왕녀의 애인이라면, 그에 걸맞은 실력이 필요할 것이다.

"아무리 외모가 멋있어도 내실이 있어야지. 나는 내 맞선 상대를 선택하기 위해 전력을 다할 의무가 있어!"

"그 전력을 공격에 쏟아부으면 어떡해요?! ……아니, 물론 앨리스 님이 상대를 배려해서 살살 해주신 것도 알지만……."

앨리스는 제국군 기지를 단독으로 괴멸시키는 인물이다.

그러니까 진심으로 싸우는 상대는, 그야말로 제국 최상위 전투원『사도성』정도밖에 없을 것이다. 방금 그 얼음덩어리도 앨리스로서는 충분히 배려한 것이었다.

"얼음 검을 퍼부을까? 하고 고민했었는데…… 그냥 얼음덩어리로 하는 게 정답이었네."

"라운지를 피로 물들일 셈이세요?!"

바닥에 쓰러진 남자를 업은 린이 어처구니없다는 듯이 한숨을 쉬었다.

"아무튼 이건 금지예요! 설령 심사라고 해도, 기습으로 기절시키는 것은 말도 안 되는 짓이에요!"

"정말?"

"정말이죠. ……어쨌든 저는 사일러스 님을 치료실로 옮길 겁니다."

"사일러스?"

"이분이거든요?! 지금 제가 업고 있는 이분!"

참고로.

앨리스는 방금 그 공격을 상대가 피하는 데 성공하면, "실력이 있으시네요. 당신 이름은 뭐죠?"라고 물어볼 계획을 세웠었다.

그러나 유감스럽게도 그가 일격에 쓰러져서 이름을 물어볼 기회도 없었다.

"음, 그래. 확실히 이름도 안 듣고 끝내버리는 것은 실례였던 것 같아."

"이해해주시는 건가요?"

"다음에는 상대가 이름을 밝히고 나서 공격할게."

"그건 그냥 결투잖아요?!"

"맞선이야."

"절대로 안 돼요! ……아아, 앨리스 님. 제발 두 번째 남자는 맞선답게 잘 대해주세요. 만나자마자 공격하시면 안 됩니다!"

"…………."

"대답은요?"

"아~ 알았어."

앨리스는 탄식하듯이 동의했다.

"하는 수 없지. 귀여운 시종이 그렇게까지 말한다면, 주인으로서 그 부탁을 들어줄 수밖에 없잖아."

"네, 잘 부탁드립니다."

맞선 상대(첫 번째)를 업은 린이 안쪽 방으로 사라져갔다.

그리고 잠시 후. 또다시 노크 소리가 들렸다.

"들어오세요."

"오, 안녕하십니까. 앨리스리제 왕녀님. 뵙게 되어서 영광입니다!"

두 번째 남자.

방에 들어온 것은 놀랄 만큼 체격이 건장한 사나이였다.

본디 유명한 운동선수였는데 그 지명도를 활용해서 일약 정치가가 되었고. 정계에서도 주목을 받는 신인이었다.

"안녕하세요. 편하게 앨리스라고 불러주세요."

"네, 앨리스 공주님. 사진 속에서도 아름다우셨지만, 지금 이렇게 만난 당신은 그 사진조차도 빛이 바랠 정도로 아름다우시군요."

"어머나, 영광이네요."

입을 손으로 가리면서 웃었다.

첫 번째 남자와 완전히 똑같은 대사를 읊는 것이 마음에 걸리긴 했지만.

"자. 그쪽에 앉으세요. 어…… 브루노 씨."

"네, 실례하겠습니다."

맞은편에 앉은 젊은 정치가. 그런데 양복이 찢어질 것처럼 우락부락한 그 체격 때문인지, 의자가 좁아 보였다.

"정계에서 활동하시는 분이라고 들었습니다만, 굉장히 체격이 훌륭하시네요."

"하하하! 일선에서 은퇴했어도 트레이닝은 현역 시절 그대로 하고 있으니까요!"

원래 격투기 계열의 스포츠 경기자였으므로 위팔의 굵기가 앨리스의 두 배 정도였다. 흉근도 놀랍도록 두툼했다.

"현역 시절에는 강철 육체라고 소문이 났었습니다."

"…………."

"어, 왜 그러십니까? 앨리스 왕녀님."

"음, 아닙니다. 몸이 워낙 훌륭하셔서, 부끄럽지만 넋을 잃고 바라봤습니다."

뺨에 손을 대면서 대답하는 앨리스.

"그런데 브루노 씨."

"네?"

"당신의 그 몸으로 총탄은 막아낼 수 있나요?"

"……네?"

"권총은 다소 위력이 부족하니까, 음, 그래요. 제국군 표준 장비인 자동 소총 TH 87형의 사격을 당한다고 치면, 몇 발쯤 견뎌낼 수 있을까요?"

"……저, 앨리스 왕녀님. 그게 무슨 뜻입니까?"

"아시다시피 이 나라는 제국군과 전쟁 중입니다."

전황은 일진일퇴.

교착 상태가 유지되고 있지만, 언제 전쟁의 균형이 무너질지 모른다.

"이 왕궁에도 제국군이 쳐들어올지도 몰라요."

"……그, 그렇군요."

"제국군 병사가 총을 겨누면서 달려들면, 당신도 총을 맞을 수도 있어요."

"네?!"

햇볕에 탄 그의 얼굴이 경악한 표정으로 표변했다.

──예상 적중.

앨리스의 사진을 보고 응모한 것은, 그 외모를 보고 반해서 그런 것이리라.

고로 각오를 안 한 것이다.

네뷸리스 황청의 왕녀에게 청혼한다는 것은 다시 말해서 제국군과 적이 된다는 뜻이다.

"저와 결혼하면 제국군의 표적이 될지도 몰라요."

"으, 으윽?!"

그는 마음이 약해진 표정을 지었다.

……미안해요.

……물론 지나친 걱정입니다.

속으로 사과하면서 수줍게 쿡쿡 웃은 것은 앨리스만의 비밀이었다.

일부러 과장해서 위험을 가르쳐줬는데, 사실 현재의 전황을 본다면 제국군과의 전면전이 벌어질 가능성은 작았다.

이것은 단순한 심리 테스트였다.

앨리스로서는 이 남자의 각오를 확인하고 싶었을 뿐이다.

"저를 지켜주실 건가요?"

"무, 물론이죠!"

정치가가 큰 소리로 말했다.

자기 가슴팍을 주먹으로 탁 치면서 자신을 고무하는 것처럼.

"설령 제국군이 적이 되거나 어떤 궁지에 몰리더라도, 내가 당신을 반드시 지켜줄 겁니다!"

"진심이세요?"

"진심이지요!"

"어머, 멋져요."

웃는 얼굴로 그렇게 대답한 뒤.

"그럼 심사하게 해주세요."

"네?"

"머리 위를 보세요."

"머리 위?"

젊은 정치가가 고개를 들었다.

바로 그 순간, 그의 이마를 향해 해머처럼 생긴 얼음덩어리가 낙하했다.

"얼음?! ……윽, 이까짓 것!"

그는 의자에서 펄쩍 뛰어올라 바닥을 구르면서 얼음덩어리를 멋지게 피했다. 유명한 운동선수라는 경력은 거짓이 아니었다. 일반인과는 차원이 다른 반사 신경이었다.

"와, 브루노 씨, 굉장해요!"

이에 대해서는 앨리스도 깜짝 놀랐다.

순수하게 찬미하면서 맞선 상대에게 고개 숙여 인사했다.

"부디 저의 무례를 용서해주시길 바랍니다. 백문이 불여일견이라는 말이 있잖습니까. 브루노 씨의 말씀이 거짓이 아니란 사실도, 방금 확실히 알았습니다."

"헉, 헉…… 그, 그건, 당연하죠."

그가 일어났다.

호흡은 거칠었지만, 그의 얼굴은 마치 시합에 이긴 운동선수처럼 밝아 보였다.

"자, 이제 알았죠? 내가 바로 완벽한 당신의 애인——."

"그럼 추가로 갑니다."

"네?"

"적의 공격이 한 번으로 끝난다는 보장은 없죠."

생긋 웃는 앨리스.

그 손가락이 빛난 순간, 더 큰 얼음이 허공에서 힘차게 낙하했다.

딱! 하고.

완벽하게 방심했던 그의 이마에 거대한 얼음이 멋지게 명중

했다.

"······으, 으음."

얼음으로 머리를 맞은 맞선 후보는 이번에야말로 바닥에 쓰러졌다.

"저런, 아쉽게 됐네. 다음 사람 들어오세요."

"앨리스 님, 아까부터 도대체 뭐 하는 거예요?!"

안쪽 방에서 또다시 린이 나타났다.

"아, 그러니까! 맞선 상대를 기습적으로 공격하면 안 된다고, 제가 그렇게 말씀을——."

"아냐, 린. 이건 달라."

"네?"

"이번에는 제대로 절차를 밟았단 말이야. 우선 상대의 각오가 어떤지 물어봤어. 그리고 그는 '각오했다'라고 대답했어."

제국군의 적이 되겠다는 각오.

그는 각오가 되었다고 대답했다.

"그렇다면 그 의지에 걸맞은 실력을 가지고 있는지, 확인해볼 필요가 있다고 생각하지 않아?"

"······어휴."

"그래서 공격한 거야."

"그 수단이 문제라니까요?! 게다가 한 번도 아니고 두 번이나 공격하다니······."

"난 아직도 여유가 있는데."

"앨리스 님을 걱정한 게 아닙니다! 상대를 동정한 거예요!"

바닥에 쓰러진 전직 운동선수를 안아 일으키는 린.

"……또 치료실로 옮겨야겠네요."

"이것도 다 필요한 일이야. 린, 생각을 해봐. 만약에 처음 보는 남자가 '목숨 걸고 당신을 지키고 싶어'라고 너에게 말한다면, 넌 어떨 것 같아?"

"수상한 놈이니까 무시할 겁니다."

"그 남자가 자꾸 따라다니면?"

"저보다 약한 남자가 저를 지킨다는 것은 불가능하므로, 실력을 검증하기 위해 공격합니다…… 어라? 아, 네. 듣고 보니 확실히 공격하고 싶어질 것 같기도 하네요……."

"그렇지? 확인해야 한다니까."

마지못해 납득하는 린. 앨리스는 의기양양하게 팔짱을 꼈다.

"자, 계속하자. 린, 너는 이분을 치료실로 데려가. 나는 세 번째 후보에 대한 공격을 준비할게."

"……하다못해 맞선이라고는 표현해주세요."

"다음 사람은 몇 번이나 버틸까? 한 다섯 번쯤은 피하면 싸울 맛이 날 텐데."

"이건 전투가 아니거든요?!"

그리고 세 번째 남자.

오늘의 마지막 맞선 상대가 등장했다.

"오, 이렇게 만나게 되어 영광입니다. 앨리스 왕녀님. 당신의

175

아주 멋진 수영복 사진을 한번 본 순간부터——."

"돌아가세요."

"끄헉?!"

앨리스의 한마디와 더불어.

세 번째 남자인 뚱뚱한 중년 남성은 얼음덩어리에 공격당해 완전히 뻗어버렸다.

"어휴, 역시 내 수영복 차림이 마음에 들었던 거잖아! 나를 보는 눈빛도 수상했어!"

"……으, 음. 마지막 한 사람은 확실히 자업자득이네요."

린이 세 번째 남자를 치료실로 운반했다.

참고로 방금 그 남자도 타국의 왕족인데, 그런 지위에 겁먹을 앨리스가 아니었다.

"아아, 피곤하다. 린, 이로써 오늘 맞선 숙제는 다 끝났지?"

"아, 네……."

실업가.

정치가.

왕가의 후계자.

전부 다 부유하고 지위가 높은 남자들이었는데, 앨리스에게는 그런 것은 전혀 특별하게 느껴지지 않았다.

그게 아니었다.

자신이 진심으로 원하는 것은——.

"오늘 드디어 완벽하게 이해했어. 린, 난 결심했어! 더 이상 맞선은 절대로 보지 않을 거야!"

"하, 하지만, 여왕 폐하께서 뭐라고 말씀하실지…….”

"그 여왕님을 설득하는 거야.”

"진심이세요?!"

"난 진심이야. 어마마마께 내 의사를 밝힐 거야!"

가볍게 빙글 돌아서서.

앨리스는 맞선 후보 앨범을 던져버리고 힘차게 선언했다.

여왕의 방.

"어마마마, 이런 맞선 제도는 이제 지긋지긋해요!"

앨리스는 방금 회의를 마친 여왕을 불러 세워놓고 큰 소리로 선언했다.

"저는 더 이상 누구든 간에, 모르는 남자는 만나기 싫어요!"

"……앨리스?"

여왕이 뒤를 돌아봤다.

"일전의 혼담에 관한 이야기인가요?"

"네, 어마마마. 저는 이렇게 낡아빠진 구식 관습에 얽매여서는 안 된다고 생각해요. 이 나라의 왕녀는 좀 더 자유롭고, 좀 더 혁신적이어야 합니다!"

"……흐음?"

"……라고, 린이 말했습니다.”

"전 아무 말도 안 했는데요?! 저기요, 앨리스 님. 하고 싶은 말을 다 하신 다음에 제 탓으로 돌리진 말아주세요!"

허둥지둥 앨리스의 등 뒤에 숨는 린.

"여왕 폐하, 잠시만요! 저, 저…… 방금 그것은 앨리스 님의 독단이고, 저는 그렇게 당찮은 말은 결코——."

"그 말이 옳아요."

"……네?"

진지하게 고개를 끄덕거리는 여왕.

그 의외의 반응에 앨리스는 무심코 뒤에 있는 린과 서로 얼굴을 마주 봤다.

"어마마마, 그게 무슨 말씀이세요?"

"앨리스. 당신 말이 맞아요. 낡은 관습이란 의미에서는, 당신의 감성은 절대 잘못되지 않았을 겁니다."

혼날지도 모른다——.

그렇게 각오하고 도전했던 앨리스와는 정반대로, 여왕은 오히려 감개무량한 표정을 짓고 있었다.

"앨리스, 린. 당신들이 아는지 모르겠지만, 사실 이 맞선 제도는 과거에 우리가 마녀라고 불리던 시절에 만들어진 거예요."

마녀의 낙원——.

앨리스 같은 성령술사들이 마녀로서 박해를 받던 시대였다.

"무서운 마녀로 소문난 왕녀가 운명적인 만남을 경험할 수는 없었습니다. 그래서 부와 지위를 약속함으로써 여러 외국의 혼약자들을 모집한 것이, 그 제도의 시초였다고 합니다. 벌써 수십 년 전의 이야기지만요."

"아, 네……."

"지금은 달라요. 우리나라가 대국으로 성장한 덕분에 이제는 성령술사의 인권도 제대로 인정받게 되었으니까요."

여왕은 홀을 둘러보더니 자랑스럽게 말을 이었다.

"큰돈을 내지 않아도, 여기 이 앨리스처럼 타국의 혼담이 들어오는 경우도 있습니다. 애인을 찾는 것도 쉬운 시대가 되었지요."

"마, 맞아요! 그래요, 어마마마. 저도 그 말을 하고 싶었어요!"

동감이었다.

앨리스가 느꼈던 불만이 모조리 해소된 듯한 심정이었다.

"아, 그리고……."

어험 하고 여왕이 헛기침하더니.

사랑하는 딸 앨리스를 보면서 말했다.

"부모로서 자식을 너그럽게 평가하게 되는 것은 사실입니다만, 그래도 앨리스는 아름답고 총명한 사람이에요. 이런 억지스러운 혼담이 없어도, 운명의 상대도 찾을 수 있을 겁니다."

"어마마마!"

감동한 목소리로 외치며 그쪽으로 달려가서.

앨리스는 양팔을 벌리고 힘차게 여왕을 끌어안았다.

"어마마마, 이해해주시는 거군요!"

"네. 다만──."

사랑하는 딸을 끌어안은 여왕. 그 눈이 번쩍 빛난 것은 바로 그때였다.

"이 어머니를 안심시켜주면 좋겠군요."

"……네?"

"앨리스, 당신이 선택한 상대를 나에게 소개해줘요. 그러면 나도 안심할 수 있으니까, 맞선 이야기는 안 하겠다고 약속할게요."

"어, 어…… 저, 그건……."

"당신이 말했잖아요. 스스로 상대를 찾을 거라고. 그만큼 자신이 있어서 하는 말이겠죠?"

"그, 그야 물론이죠!"

그렇게 고개를 끄덕이면서도 앨리스는 식은땀을 줄줄 흘렸다.

운명의 상대?

아니, 저기요, 그럴 리가요.

그것은 앨리스의 소망이지, 당장 남자 친구를 찾아낸다는 것은 불가능했다.

"기대할게요, 앨리스. 과연 어떤 남자 친구를 소개해줄지."

"……아, 아하하…… 네……."

자기 방으로 돌아와서.

"……상황이 더욱 악화됐어."

앨리스는 한숨을 쉬었다.

"맞선에 반대한다는 이야기만 하려고 했는데, 엉겁결에 당장 남자 친구를 찾아내겠다는 약속을 하고 말았어."

"완전히 여왕 폐하의 함정에 빠져버린 거 아니에요?!"

그러게 제가 말했잖아요──.

시종 린은 앨리스를 위해 홍차를 준비해주면서 덩달아 한숨을 푹 쉬었다.

"여왕 폐하가 정말 멋지게 유도를 하셨어요. 앨리스 님이 남자 친구를 찾아내면 혼담은 이제 끝. 거꾸로 말하면, 남자 친구가 생길 때까지는 맞선 이야기를 계속할 겁니다──라는 거죠."

"역시 어마마마는 굉장하셔. 멋지게 당해버렸어……."

"애초에 앨리스 님이 무모하게 덤비셨던 거죠."

"……휴. 난감하네."

린의 말마따나 자기 생각이 짧았다.

상대는 네뷸리스 여왕.

경험 많은 베테랑이다. 그러니까 앨리스도 계획을 잘 세웠어야 했다.

"린, 도와줘. 이대로 있으면 난 다음 달에도 억지로 맞선을 보게 될 거야. 그 스트레스로 밤에 잠도 못 잘지도 몰라."

"아뇨, 앨리스 님은 그런 점에서는 의외로 멘탈이 튼튼하셔서 잘 주무실 거예요."

"그런 대답을 바란 게 아니었어. 됐으니까 이리 와봐."

거실 테이블로 오라고 손짓했다.

두 사람은 의자에 차분하게 앉아서 작전회의를 하기 시작했다.

──목적 「맞선 철폐」.

——수단 「여왕을 설득」.

여기까지는 명확했다.

그리고 여왕을 납득시키려면 앨리스에게 애인이 생겨야 한다.

"그런데 어떻게 하실 거예요? 갑자기 애인이라도 만드시게요?"

"⋯⋯글쎄."

한동안 말없이 생각에 잠겨 있다가 앨리스가 이런 결론을 냈다.

"가공의 남자 친구를 적당히 날조하면 안 될까?"

"상대는 여왕 폐하입니다. 틀림없이 증거를 보여 달라고 하실 거예요."

"방법이 없네!"

"포기가 너무 빠르잖아요?!"

린이 이마를 짚으면서 탄식했다.

"⋯⋯그럼 처음부터 다시 검토해봅시다. 근본적으로 앨리스 님이 원하는 결혼 상대의 조건을 정리하는 것부터 시작해보죠."

"그래."

그리고 보니 자신의 취향이란 것을 말로 표현해본 적은 없었다.

"우선 한 명의 인간으로서 존경할 수 있어야 한다는 것이 중요해."

"구체적으로는 어떤 거죠?"

"의지가 강한 남자가 좋아. 그냥 고분고분하고 순한 남자가 아니라, 내가 잘못했을 때는 나를 바로잡아줄 수 있는 용감한 남자."

"그걸 바라시는 것은 이해하는데⋯⋯. 앨리스 님의 면전에서 반론할 수 있을 만큼 용감한 남자는 이 세상에 100명도 없지 않을까요?"

네뷸리스 황청의 왕녀는 세계 유수의 권력자이다.

그런 앨리스를 두려워하지 않는 남자가 도대체 몇 명이나 있을까.

"그리고 역시 강해야 해. 전력을 다하는 나와 대등하게 싸울 만큼은 강해야지."

"이 세상에 10명도 없을 텐데요?!"

"원하는 것은 이 두 가지야."

"아니, 꿈이 너무 크시잖아요……. 그러면 평생 결혼 상대를 못 찾을 가능성도 있어요."

"같은 취미를 가지는 것도 중요해."

"조건을 줄이기는커녕 늘리시는 거예요?! 방금 『이 두 가지』라고 했던 것은 도대체 뭐였는데요?!"

"어쩔 수 없잖아. 조건이 생각났는걸."

앨리스도 진지했다.

소중한 사랑이니까. 최선을 다해 생각해야 한다.

"그리고 배려심이 필요해. 나와 사귀려면 마음도 넓어야 해."

"눈이 너무 높잖아요?!"

"그런 사람을 찾는 것에 의의가 있는 거야."

앨리스 앞에서도 겁먹지 않는다.

또 전력을 다하는 앨리스와 싸울 수 있을 정도로 강하고 믿음직스럽다.

취미도 같고, 배려심도 있고――.

"그래. 예를 들면 이스카 같은 사람."

"이스카?"

"……앗."

툭 하고.

무의식중에 흘린 이름에, 앨리스는 자신도 얼떨떨해서 입을 반쯤 벌리고 있었다.

"어, 어라? 내가 지금, 뭐라고…….."

아니, 잠깐만.

그래, 있었네. 내 조건에 딱 맞는 소년이.

"린, 찾았어!"

"네? ……아앗, 설마?! 방금 불길한 이름이 들린 것 같다고 생각했는데!"

린이 눈을 부릅떴다.

"잠깐만요, 앨리스 님. 더 이상은 말씀하시면 안 돼요! 지금 생각난 사람은, 설마――."

"이스카가 있잖아?!"

"역시 그 남자였군요?! 아, 안 돼요!"

"……조건은 완벽한걸."

제국군의 전직 사도성 이스카.

전력을 다하는 앨리스와 싸워서 비겼던 유일한 제국 병사였다.

그 반면에 중립도시에서 만났을 때는 마치 남매처럼 취향이 정확히 일치했고, 기본 성격도 온화했다.

……곰곰이 생각해보니.

……그야말로 딱 알맞았다.

앨리스가 원하는 애인의 조건을 전부 만족시키는 것이었다.

그러나 제국과 황청은 한창 전쟁 중. 더구나 앨리스가 이스카에게 바라는 것도 애인이라는 관계가 아니었다.

전장의 라이벌이라는 관계였다.

"……하지만 이걸 활용하는 것은 가능할지도 몰라. 어마마마를 설득하는 것도."

그러면서 앨리스는 스스로 다짐하듯이 힘차게 고개를 끄덕였다.

"있잖아, 린. 이스카의 사진 있어? 아마도 중립도시에서 찍은 게 한 장 있었을 텐데."

"뭐 하시려고요?"

"애인을 찾아낸 척하려고. 어마마마께 보고드릴 때 사용할 거야."

이어서 심호흡을 했다.

"그래, 이건 위장 연애야. 나와 이스카가 연애를 한다는 것은 천지가 뒤집히더라도 결코 있을 수 없는 일이야."

"네, 그렇죠. 그럼 다행인데요……. 저, 앨리스 님. 왜 얼굴이 빨개지신 거죠?"

"기, 기분 탓 아냐?!"

옆에서 들여다보는 시종. 앨리스는 황급히 고개를 반대로 돌렸다.

"내가 이스카와 사랑에 빠진다고? 말도 안 돼."

"아, 네……."

"그래, 맞아! 절대로, 죽어도 그런 일은 없어!"

"왜 그렇게 노골적으로 되풀이하시는 거예요?"

"_____."

"갑자기 침묵하시면 오히려 수상해 보이잖아요! 저기요, 앨리스 님?!"

여왕의 방.

앨리스는 사진 한 장을 움켜쥐고 헐레벌떡 여왕의 곁으로 뛰어갔다.

"어마마마, 자, 소개할게요!"

"앨리스, 무슨 일이죠? 오늘은 신기하게도 몇 번이나 이곳을 방문하는군요. 그런데 소개라니, 그게 뭐죠?"

"이 사람이 제가 사랑하는 사람이에요!"

들고 있던 사진을 높이 치켜들었다.

그렇다. 이스카가 찍혀 있는 단 하나뿐인 사진을.

화면 한구석에 앨리스도 찍혀 있으므로, 두 사람이 전혀 모르는 사이가 아니란 것도 증명할 수 있었다.

"사진에 찍혀 있는 이 검은 머리 남성이요?"

"네!"

"······뒷모습밖에 안 찍혀 있는 것 같은데요."

앨리스의 사진을 살펴보는 여왕은 아직 반신반의하는 것 같았다.

남자 친구가 생기면 맞선은 볼 필요가 없다.

그렇게 약속하자마자 '이 사람이 남자 친구예요!' 하고 소개를 받았으니, 쉽게 믿지 못하는 것도 당연했다.

그러나 앨리스도 물러설 수는 없었다.

"앨리스, 다른 사진은 없습니까? 그의 앞모습이 찍힌 사진은?"

"없습니다."

"왜죠?"

"이유가 있어요. 왜 뒷모습밖에 없느냐 하면, 이 남자는 너무나 고귀한 신분이기 때문에 제가 그 옆에 서는 것조차 황공해서요."

"······뭐라고요?!"

딸의 말에 충격을 받은 여왕.

"그렇게 지위가 높은 사람이, 당신의 남자 친구라고요?"

"네, 그렇습니다. 어마마마."

당연히 거짓말이었다.

실제로는 앨리스가 그와 중립도시에서 만났을 때, 떠나가는 그의 뒷모습을 린이 촬영한 것이었다.

이스카에게 들키지 않으려고 멀리서 촬영할 수밖에 없었다.

"린, 어때? 그렇지?"

"네. 두 분이 나란히 걸으면 큰 문제가 생길 겁니다. 왜냐하면 제국군 병사——."

"린, 후반부는 사족이야."

지나치게 말을 많이 하는 시종을 제지했다.

어쨌든 린의 도움도 있어서, 여왕도 조금씩 믿어주기 시작하는 것 같았다.

"그럼 앨리스, 당신과 이 남자가 이렇게 멀리 떨어져서 사진을 찍은 것도……."

"네. 제 신분으로는 이분과 나란히 걷는 것조차 불가능하기 때문이에요."

왜냐하면 적이니까.

하마터면 속마음이 흘러나올 뻔했다. 앨리스는 꾹 참고 말을 이었다.

"자, 어마마마. 이것 보세요. 이분의 뒷모습. 등에서 진정한 품격이 느껴지지 않나요?"

"……그런가요?"

사진을 들여다보는 여왕.

"내 눈에는 평범한 등처럼 보이는데요."

"어마마마! 여기, 여기를 보세요. 그의 등에서 눈 부신 빛이 뿜어져 나오잖아요?!"

"……듣고 보니 후광 같은 것이 반짝거리는 것 같기도 하네요."

"그건 그냥 노을빛——읍."

"린, 넌 조용히 해."

시종의 입을 손으로 막았다.

"중립도시에서 만났어요. 이분이야말로 제가 마음을 바치기로 결심한 (결투) 상대예요!"

"이미 마음을 바치기로 결심했다고요?!"

딸의 대담한 발언에 충격을 받은 여왕이 눈을 휘둥그렇게 떴다.

"저는 진심이에요, 어마마마. 그 사람을 생각하기만 해도 (전투 의욕이) 불타올라요."

"네?!"

그 기세에 압도된 여왕이 뒷걸음질 쳤다.

설마 자기 딸이 부모에게도 비밀로 하고 정열적인 연애를 하고 있을 줄이야.

"앨리스가 이렇게 열심히 연애하고 있었다니…… 아니, 하지만. 잠깐만요. 이 나라에 들어오기 위해서는 고귀한 신분만으로는 부족해요."

이 나라는 제국과 전쟁 중이다.

앨리스의 남자 친구가 되려면, 자기 몸을 지킬 수단이 있어야 한다.

"그의 실력은 어떤가요. 이를테면 무술 같은 것을 배웠나요?"

"안심하셔도 됩니다. 그의 실력은 린이 보증해줄 겁니다. 그렇지, 린?"

"네?"

어리둥절해진 린을 가리키면서 말했다.

"이전에 린이 그에게 도전했다가 완패를 당했거든요."

"그건 저만 손해 보는 에피소드잖아요?!"

"사실이잖아."

"윽?! ……그, 그렇죠. 제가 당해내지 못할 정도로 강한 사람입니다."

적이지만요——.

린이 몰래 그렇게 덧붙였지만, 그 마음의 소리는 여왕에게는 들리지 않았나 보다.

"그래요. 린을 이길 정도의 실력자. 앨리스조차 조심스러워할 정도로 고귀한 신분……."

"네, 그렇습니다. 또 한마디 덧붙이자면."

숨을 들이마셨다.

……이, 이건, 위장 연애야.

……어마마마를 설득하는 방편이야.

앨리스는 그렇게 자기 자신을 납득시키면서도 저절로 뺨이 뜨거워지는 것을 느꼈다.

"저는, 그 사람에게…… 아, 안긴 적도 있어요!"

"뭐라고요?!"

"저기요, 앨리스 님?!"

여왕과 린이 각자 비명을 질렀다.

"앨리스 님, 도대체 무슨 말씀을 하시는 거예요?!"

"거짓말은 아니잖아."

앨리스와 이스카가 처음 싸웠던 그 전장에서. 우연히 그랬을 뿐이지만.

"어마마마, 그 외에도 많은 일이 있었어요. 저희는 (우연히) 옆 자리에 앉아서 오페라를 본 적도 있고, (또 우연히) 같은 테이블에서 식사한 적도 있어요!"

"네?!"

이번에야말로.

여왕은 충격으로 인해 말문이 막혀버렸다.

"앨리스…… 언제부터 그렇게 어른이 되어버린 건가요. 아니, 그래요, 부모로서는 성장한 딸을 보고 기뻐해야 할 테죠. 그런데 설마 그 사람과 키스는 했나요?"

"그럴 리가요?! 우리는 적인데요!"

"적?"

"……아, 아뇨. 아무 말도 안 했어요."

체리처럼 빨개진 얼굴을 반대쪽으로 홱 돌렸다.

"아무튼 어마마마, 약속은 지켜주세요."

"그렇군요. 알았어요, 앨리스. 아무래도 내가 당신을 과소평가하고 있었나 보네요."

문득 여왕이 미소를 지었다. 성장한 딸을 보고 기뻐하는 어머니의 표정이었다.

그런데 그 직후.

"이럴 때가 아니죠! 대신, 대신은 거기 있나요?!"

여왕이 빙글 돌아서서 큰 소리로 말했다.

"당장 결혼식장을 알아보세요. 아니, 새로운 결혼식장을 건설해야겠네요. 오늘부터 설계를 시작하세요."

"……저, 저기요, 어마마마?"

당사자인 앨리스는 내버려 둔 채, 도대체 뭘 시작하려고 하는 걸까.

"저기요오. 어마마마?"

"신문기자도 불러야 해요. 이 기쁜 소식을 국민에게 알려야죠. 제2왕녀 앨리스리제에게 애인이 생겼다는 것을. 즉시 긴급 뉴스를 전하세요!"

"그만두세요오오오오옷?!"

예상외로 여왕의 자식 사랑은 엄청났다. 앨리스는 그런 여왕을 필사적으로 말렸다.

━━━━━

며칠 후.

제국 군사기지에서──.

"그러고 보니 미스미스 대장님, 그 일은 어떻게 됐어요?"

"응~?"

"저번에 그 소문 말이에요. 네뷸리스의 왕녀에게 애인이 생겼다는 거."

이스카가 말을 걸고 있었다. 회의실 테이블에서 태평하게 낮잠을 자고 있던 미스미스 대장에게.

"그때 대장님이 말했잖아요. 그 애인이 저랑 닮았다고."

"아…… 자세히 기억하고 있네?"

"그야 뭐, 저랑 닮았다고 하니까 당연히 신경 쓰이죠."

그 후로 그 사건 이야기는 들려오지 않았다.

제국군 사령부가 떠들썩해졌다는 말도 못 들었으므로, 이스카로선 의아할 수밖에 없었다.

"그거 아니래."

"네?"

"그 이야기. 역시 뜬소문이었던 것 같아. 황청 측의 설레발이었다나 뭐라나. 제국으로서는 자세한 정보는 모르지만."

"……아, 그래요?"

안도의 한숨을 쉬었다.

이스카는 혹시 자신이 의심받을까 봐 걱정했던 것이다.

"소문의 그 남자도 그냥 이스카 군과 닮은 타인이었다. 그렇게 결론이 났고."

"네, 그래서 제가 말했잖아요."

엎드려 있는 미스미스 대장에게 이스카는 자신만만하게 대답했다.

"그 사진에 찍힌 남자는, 저일 리가 없다니까요."

File.XX

너와 나의 최초의 교차

the War ends the world /
raises the world
Secret File

1

"잠깐만요! 스승님, 기다려요!"

하얀 숨을 토하면서——.

검은 머리 소년 이스카는 저 앞에서 걸어가는 남자의 뒷모습을 쫓아가고 있었다.

노을빛에 물든 대륙 철도 주요역.

여행객들이 오가는 통로에서 이스카가 아무리 빠르게 쫓아가도 그 거리가 좁혀지지 않는 것은, 두 사람의 보폭 차이 때문일 것이다.

아직 열한 살밖에 안 된 어린 소년 이스카. 그에 비해 스승님이라고 불린 남자의 키는 거의 190cm였다.

"어휴, 진짜, 왜 그렇게 항상 나를 두고 가요?!"

"…………."

그 남자는 갑자기 멈춰 서서 뒤를 돌아봤다.

"두고 간다고? 누가? 누구를?"

"스승님이! 나를요!"

"…………."

"설마 그것도 눈치를 못 챈 거예요?"

"생각을 좀 하고 있었어."

휴…….

미안해하는 기색이 전혀 없는 스승님의 그 대답에 이스카는 어깨를 축 늘어뜨렸다.

이 남자는 언제나 이랬다.

변덕스럽고 무사태평하고 늘 은근히 딴생각을 하고 있으며, 어쩌다 입을 열면 항상 권태로운 말투였고——.

그리고 제국 최강의 검사이기도 했다.

크로스웰 네스 리뷔게이트.

군살이라곤 하나도 없는 늘씬한 체형과 검은 머리카락. 또 롱코트를 걸치고 있었다.

과거에 사도성 필두였던 시절의 별명은 「흑강의 검투사」였다고 하는데, 본인은 그 당시의 이야기를 좀처럼 하지 않았다.

본인 왈, 이야기하고 싶지 않은 것이 아니라 그냥 이야기하기 귀찮은 것이라고 하지만.

"그런데 무슨 생각을 하고 있었어요?"

"이 열차에 관한 생각."

스승 크로스웰이 바라보는 승강장에는 투박하게 생긴 검은색 급행열차들이 여러 대 늘어서 있었다.

이 주요역을 떠나 세계 각지로 향하는 기관차였다.

"15분 후에 열차가 출발한다. 우리는 그 열차에 탈 건데."

"네."

"그 열차에 흉악한 범죄 조직이 동승해서 날뛸 경우, 그걸 어떻게 진압할지 시뮬레이션을 해봤다."

"그건 도대체 얼마나 가능성이 낮은 미래인데요?!"

"열차 주행 도중에 갑자기 운석이 떨어지면——."

"좀 더 현실미 있는 것을 생각하세요?!"

"미래 예측은 중요해."

그렇게 대답하는 스승은 더없이 진지한 얼굴이었다.

"이 세상의 온갖 불운과 트러블을 상정해둬라. 그중 몇 개는 반드시 현실이 될 테니까. 그곳이 전장이든 아니든 간에. 혹은, 네가 아니라 동료일지도 몰라."

"……네."

엉뚱한 말로 시작해놓고선 마지막에는 꼭 「뭔가 그럴싸한 이야기」로 마무리를 한다. 이것도 스승님과 대화할 때의 기본 특징이었다.

그런데 그때——.

『잠시 후 비에르 공화국으로 가는 특별 급행열차가 발차합니다. 티켓을 소지하신 승객 여러분은 승차하셔서 기다리시길 바랍니다.』

"아, 그러고 보니 스승님."

안내 방송을 들으면서 이스카는 문득 스승님을 쳐다봤다.

"우리는 왜 열차에 타는 거예요?"

애초에 이것이 여행인지 원정인지, 그것조차 몰랐다.

바로 엊그제였다. 돌연 "멀리 나가자"라는 말을 듣고 준비를 해온 것까진 좋았는데, 늘 그렇듯이 스승님은 목적을 좀처럼 가르쳐주지 않았다.

"집 지키는 일은 진에게 맡겼다."

"……그럼 저는 제국 바깥으로 나가서 수행하는 건가요?"

"수행과는 상관없어."

그런가요?

이스카는 날마다 아침부터 밤까지 가혹한 수련을 하고 있었으므로, 이번에 가는 곳에서도 아주 무시무시한 수련이 기다리고 있을 거라고 각오했었다.

"제국 바깥으로 나가서 뭘 하는데요?"

"제국 바깥을 알기 위해 나가는 것이다."

"제국 바깥을 알면, 뭐가 어떻게 되는데요?"

"…………."

제국 최강의 검사는 주요역 천장을 우러러봤다.

"넌 아직 마녀가 무엇인지 모르잖아."

"……조금은 알아요."

제국인 중에「마녀」를 모르는 사람은 없을 것이다.

성령이라는 미지의 에너지를 지닌「인간이 아니게 된 자들」. 마녀란 것은 성령의 힘을 발휘하는 공포의 존재이다.

──흉포하고 공격적이며 제국을 증오하는 자들.

그런 이미지였다.

왜「이미지」인가 하면, 이스카 본인은 마녀와 대화를 나눠본 적이 없기 때문이다.

모든 것은 제국에서 전해져 내려온 정보였다.

"마녀의 이미지가 잘못됐다고 말할 생각은 없어. 단, 그게 전부는 아니야."

주요역을 오가는 사람들을 둘러보는 스승님.

"제국 사람들이 이야기하는 마녀의 일화란 것은, 대마녀 네뷸리스와 같은 극히 일부의 예외가 일으킨 사건이다. 마녀의 90% 정도는 평범한 인간과 크게 다르지 않아. 이스카, 너는 이 주요역에서 돌아다니는 사람을 보고 무슨 생각을 하냐?"

"……평범한 사람 같은데요."

열차에 타는 회사원과 가족 여행객.

이스카의 눈에는 그저 「평범한 사람」처럼 보였다.

"통계적으로는 마녀와 마인도 여기에 섞여 있을 거다. 그러나 제국인과 하나도 다르지 않을 거야. 어때, 야만적으로 보이냐?"

"아뇨."

"결국 이것도 진실인 거지. 제국에 퍼져 있는 일화도, 네가 지금 눈으로 보고 있는 광경도. 둘 다 잘 기억해둬라."

"…………알았어요."

잠시 침묵하다가 고개를 끄덕였다.

마녀란 것은 무서운 존재——.

물론 스승님의 가르침도 이해하려고 노력했지만, 제국에서 태어난 이스카로서는 솔직히 말해 아직은 그런 이미지를 떨쳐낼 수 없었다.

"언젠가 알게 될 거야. 이 여행도 그것을 위한 것이니까."

스승님이 앞장서서 걸었다.

열차 승강장까지 가려고 했는데.

"어?"

스승님의 가슴팍에서 통신기가 울리기 시작했다.

거기 표시된 이름을 힐끗 보더니, 스승님이 그답지 않게 혀를 찼다.

"……귀찮은 놈의 연락이 왔군."

"스승님, 누군데요? 진이에요?"

"미안하지만 다른 사람이다. 이스카, 너 먼저 열차에 타라. ……무슨 일이냐? 융메룽겐. 이런 때 잡일을 억지로 시키지 마."

누군가와 대화하면서 멀어져가는 스승님.

주변 사람들에게 대화를 들려주기 싫은 걸까. 그는 점점 승강장 구석으로 가버렸다.

"스승님? 어휴, 스승님. 그럼 나 먼저 타요?"

비에르 공화국으로 가는 열차에 올라탄 이스카.

창가 자유석 중에서 빈자리가 두 개 있는 곳을 찾아내서 그곳에 자리 잡았다.

"휴, 스승님은 의외로 통화를 길게 하는 타입인데. 늦지 않을까?"

5분 뒤에는 출발할 것이다.

이스카는 좌석에 등을 기대고 멍하니 유리창 밖을 바라봤다.

"……스승님. 늦으시네."

======

『잠시 후 **유적도시 그라프**로 가는 급행열차가 발차합니다. 티켓을 소지하신 승객 여러분은 승차하셔서 기다리시길 바랍니다.』

"이스카? 야, 이스카."

안내 방송이 울려 퍼지는 가운데, 이스카의 스승 크로스웰은 차 안을 둘러보고 있었다.

제자의 모습이 보이지 않았다.

자유석만 해도 차량이 몇 개는 되었다. 당연히 찾기가 쉽지는 않았지만, 이렇게 이름을 불렀는데도 이스카가 나타나지 않는 것은 이상했다.

"나를 기다리느라 아직도 열차 밖에 있는 건가?"

혹시나 하고 열차 밖으로 나가봤다.

그랬더니——.

크로스웰이 열차 밖으로 나간 순간, 옆 승강장에 정차해 있던 급행열차가 움직이기 시작했다.

별생각 없이 그 광경을 지켜보다가.

"어?! 이스카……?!"

크로스웰은 눈을 크게 떴다.

비에르 공화국으로 가는 열차였다. 그 유리창 너머에, 이스카와 똑같이 생긴 검은 머리 소년이 타고 있었다.

"이스카!"

황급히 큰 소리로 불렀지만 이미 늦었다.

제자를 태운 급행열차는 머나먼 곳을 향해 맹렬한 속도로 달려가 버렸다.

"……어휴, 저 녀석."

이마를 짚으면서 크로스웰은 한숨을 푹 내쉬었다.

"온갖 트러블을 상정하려고 노력했는데, 그래도 이건 상정을 못 했군."

저 멍청한 제자는.

자신이 엉뚱한 열차에 탔다는 것은 꿈에도 생각지 못하는 것 같았다.

2

"……스승님. 늦으시네."

하품을 씹어 삼켰다.

스승님을 기다린 지 한 시간이 넘었다. 창밖의 풍경은 오래전에 주요역을 벗어나서 드넓은 황야로 변해버렸다.

"아, 알았다."

문득 어떤 가능성이 머릿속에 떠올랐다. 이스카는 자리에서 벌떡 일어났다.

"스승님은 나를 골탕 먹이려고 이러시는 거야. 그럼 어딘가에 숨어 있는 거겠지?"

스승님이 변덕스럽게 어려운 과제를 던져주는 것은 하루 이틀도 아니었다.

이번에도 그런 것이리라. 스승님이 나타나지 않는다는 것은, 자기를 찾아보라는 메시지일 것이다.

"나 참, 진짜…… 스승님, 숨어도 소용없어요. 어차피 이런 열차에서는 숨어 있을 곳도 한정되어 있으니까!"

기세 좋게 걸음을 뗐다.

자유석 차량에서 지정석 차량으로 이동해서, 거기 있는 승객들의 얼굴을 확인하면서 더 먼 차량으로 갔다.

그 순간.

부드럽게 물결치는 금빛 머리카락이 이스카의 코끝을 간질였다.

스쳐 지나갔다.

"…………."

이스카가 무의식중에 돌아보자, 그곳에는 눈부신 금빛 머리카락의 소녀가 서 있었다.

나이는 11~12세 정도일까.

아마 자신과 비슷할 것이다. 귀한 인형처럼 단정하고 사랑스러운 외모였고, 입고 있는 옷은 고급품이라 청초함이 느껴졌다.

자주 입어서 형태가 망가져 가는 자신의 옷과는 전혀 달랐다.

그 소녀가——.

스쳐 지나가다가 멈춰 서서 가만히 이쪽을 응시하고 있었다.

"…………."

"…………."

누구지?

혹시 나를 의심하는 걸까? 이곳은 지정석 차량이므로, 자유석 티켓밖에 못 사는 가난뱅이는 들어오지 말라는 암묵적인 시선일지도 모른다.

저 소녀가 차장을 부르기 전에 이동해야겠다.

그렇게 판단한 이스카는 돌아서서 걸음을 뗐다. 지금 자신은 스승님을 찾아야 하니까.

━━━━━

검은 머리 소년이 빙글 뒤돌아섰다.

말 붙일 틈도 없이 저쪽으로 걸어가 버렸다. 애초에 우연히 스쳐 지나갔을 뿐이지, 그는 틀림없이 다른 차량에 볼일이 있는 것이리라.

"……갔네."

그 뒷모습이 완전히 사라질 때까지 지켜보고 있었는데, 등 뒤에서 발소리가 들렸다.

"앨리스 님."

"…………."

"앨리스 님, 어휴, 안 돼요. 마음대로 자리를 떠나시면 어떡해요."

"렌렌, 있잖아! 내 말 좀 들어봐!"

홱 돌아보자마자 앨리스는 렌렌이라는 성인 여성의 품에 안겼다.

부모 자식은 아니었다.

두 사람은 주종관계였다.

마녀의 낙원 「네뷸리스 황청」의 왕녀와 그 왕녀를 모시는 호위병.

"앨리스 님, 걱정했잖아요."

자신에게 안기는 앨리스의 머리를 쓰다듬어주는 렌렌.

그녀가 쓰고 있는 안경은 변장용이었다. 두꺼운 겨울 코트를 입고 있는 것은 그 안에 다양한 무기를 몰래 수납했기 때문이었다.

"정말이지, 앨리스 님은 조금만 눈을 뗄 때도 금방 사라지시네요."

"저기, 있잖아, 렌렌! 그보다 중요한 게 있어!"

정작 앨리스는 렌렌의 이야기 따윈 전혀 듣지도 않았다. 그 정도로 「엄청난 발견」을 했기 때문에 그걸로 머릿속이 꽉 차 있었다.

"남자애가 있었어!"

"네?"

"나랑 나이가 비슷해 보이는 아이가 있었어. 내 눈앞을 지나쳐 갔어!"

"……아, 네. 그렇군요."

흥분한 앨리스. 그걸 본 호위병 렌렌은 미소를 지었다.

앨리스——앨리스리제 루 네뷸리스 9세 주위에는 그 또래의 남자가 없었다.

나이가 비슷한 사람은 여자들밖에 없었다.

앨리스는 학교에 다니는 대신에 전속 교사의 지도를 받고 있으므로, 평범한 여자들처럼 학교에서 남자와 이야기를 나눌 기회도 없었다.

그래서 남자와 스쳐 지나간 경험이 신기하게 느껴진 것이리라.

"있잖아, 렌렌. 나 몰래 그 애를 봤어. 그랬더니 그 남자애도 고개를 돌려서 나를 봤어!"

"앨리스 님은 아름다운 분이니까요."

"……말을 거는 게 좋았을까?"

"그것은 별로 좋은 행동은 아니에요. 자, 앨리스 님. 이쪽으로 오세요."

호위병인 렌렌이 앨리스에게 손짓했다.

그들의 앞뒤와 양옆의 자리는 비어 있었다. 렌렌이 일부러 다른 사람들의 접근을 막기 위해 좌석을 다 사놓았기 때문이다.

"앨리스 님의 신분이 만에 하나라도 노출된다면 큰 소동이 일어날 겁니다."

렌렌이 조그맣게 귓속말을 했다.

"지금은 사정이 있어서 여행하는 중이니까요. 호위병도 저밖에 없고, 제국군에게 들키기라도 했다간 곤란해요."

이 열차의 행선지는 비에르 공화국.

제국과는 무관한 중립국이지만, 제국군이 세계 각지에 첩보기관을 배치했다는 것은 주지의 사실이었다.

"마녀라고 매도당하면서 시내에서 쫓겨 다닌다고 생각해보세요. 앨리스 님도 괴로우실 테죠?"

"렌렌, 걱정하지 마. 내 성령은 무지 강하니까!"

렌렌이 불안해하거나 말거나 앨리스는 자신만만하게 가슴을 활짝 폈다.

"제국군도 내 성령으로 한 방에 해치울 수 있어. 어마마마도 칭찬해주셨는걸."

"네. 그러나 여왕님은 이런 말씀도 하셨어요. '앨리스, 당신의 성령술은 아직 사용해야 할 때가 아닙니다. 완벽하게 제어할 수 있을 때까지 기다리세요'라고."

"……응, 말씀하셨지."

"제어에 시간이 걸리는 것은 부끄러운 일이 아닙니다. 그만큼 앨리스 님의 성령이 강하다는 증거니까요."

왕녀 앨리스의 성령은 강력하지만, 그만큼 제어하기가 어렵다.

혹시나 제국 병사와의 전투가 발생해서——.

앨리스의 성령술이 폭발한다면, 지나치게 강력한 그 냉기는 제국 병사뿐만 아니라 주위의 건물이나 민간인까지도 한꺼번에 휩쓸어버릴 것이다.

"제국만큼 현저하지는 않아도, 중립국에도 우리 같은 성령술사를 무서워하는 사람은 있습니다. 앨리스 님의 기술이 그런 사람들을 다치게 한다면…….”

“……그 사람들이 겁에 질릴까?”

“네. 우리나라는 세계적으로 고립될 것입니다. 우리 성령술사들은 전장 이외의 장소에서는 성령술 사용이 금지되어 있어요. 특히 시내에서는 더더욱.”

“……알았어.”

성령의 힘이 양날의 검이란 것은 앨리스도 잘 알고 있었다.

성령술에 이제 막 눈을 떴을 때──.

남몰래 지면을 살짝 얼려보려던 앨리스의 「순수한 마음」은, 결국 드넓은 왕궁의 안뜰을 통째로 얼음 조각으로 바꿔버렸다.

안뜰에 세워놓은 대형차나 오토바이 같은 것까지 한꺼번에.

다행히 희생자는 없었지만, 그 광경을 본 앨리스는 공포와 더불어 진실을 알게 되었다. 성령술이 단순히 편리한 힘이 아니라는 진실을.

“……열차가 도착할 때까지 책 읽고 있으면 돼?”

“네, 그게 제일 좋죠.”

“……가끔 열차 안에서 돌아다니는 것은?”

“가능한 한 자제해주세요. 좀 전에 남자와 스쳐 지나가서, 같은 또래 아이에게 호기심을 가지시는 것은 이해가 가지만요.”

그렇게 타이르면서 렌렌은 문득 가벼운 쓴웃음을 지었다.

“어쨌든 앨리스 님에게도 비슷한 또래의 친구는 필요할 것 같네요. 남자아이는 문제가 될 테지만, 여자아이라면 문제없을 테지요."

"……그게 누군데?"

"제 조카 중에 앨리스 님과 한 살 차이 나는 아이가 있습니다. 린이라고 하는데요. 루 가문을 모시기 위해서 어릴 때부터 참 열심히 공부를 해왔답니다."

"린?"

"네. 그 아이도 얼른 수행을 마치고 앨리스 님을 모시게 될 날을 고대하고 있——."

렌렌의 목소리가 들리지 않게 되었다.

요란한 사이렌 소리가 열차의 전 차량에서 동시에 울려 퍼졌기 때문이다.

"윽, 무슨 일이지?!"

렌렌이 자리에서 벌떡 일어났다.

옷 안쪽으로 손을 집어넣었다. 언제든지 쉽게 무기를 꺼내기 위해서일 것이다.

술렁술렁.

앨리스나 렌렌과는 좀 떨어진 곳에 있는 지정석의 승객들도 이 갑작스러운 사이렌 소리에 불안해하면서 몸을 일으키기 시작했다.

"렌렌, 이거 왕궁에서도 들은 적 있어."

"네, 앨리스 님. 그런데 왕궁의 사이렌은 제국군의 침입을 상정한 피난 훈련용이고요. 이것은 진짜 사이렌입니다."

"……제국군이 온 거야?"

"아뇨. 그럴 가능성은 적습니다."

제국군이 앨리스를 노리고 습격했다?

그럴 리 없다. 이 대륙 철도는 세계 협정에 의해 비무장 지대로 정해졌다. 제국군도 함부로 그 협정을 깨뜨리려고 하지는 않을 것이다.

그렇다면 이 사이렌은 도대체 뭘까?

『비에르 공화국으로 가는 제3호 열차에 승차하신 승객 여러분. 긴급한 소식을 알려드립니다. 현재 이 열차는 갈라트 황야를 똑바로 가로질러 동쪽으로 가고 있습니다만──.』

차내 방송.

앨리스와 렌렌을 비롯한 승객들은 일제히 입을 다물었다.

『렉스(공룡)라고 불리는 대형 육식동물들이 이쪽으로 접근하고 있습니다. 이 황야의 머나먼 남쪽 지역에 서식하는 동물들이 북상한 것으로 보입니다.』

"……렉스라고?!"

누군가가 버럭 소리를 질렀다.

비경(秘境)에 사는 대형 육식동물을 총칭하여 「괴수」라고 하는데, 렉스는 그 괴수의 대명사였다.

대륙에 광범위하게 서식하고 있는 사납고 호전적인 동물. 눈앞에서 움직이는 것은 모조리 공격하는 습성을 가지고 있었다.

그 렉스의 무리가 이 열차를 노리고 있다고?

『그러나 안심하시길 바랍니다. 이 차량에는 이런 유사시에 대비해 우수한 헌터가 동행하고 있습니다. 여러분, 침착하게——.』

굉음이 안내 방송 소리를 뒤덮었다.

창문이 깨지는 소리. 그리고 뭔가가 달려와 쿵 부딪치는 듯한 충격이 발생했고, 마지막으로 포악한 짐승의 울음소리가 앨리스의 귀에 들렸다.

3

창문이 산산이 부서졌다.

이어서 이스카의 뒤에 있는 벽이 우직 하고 둔탁한 소리를 내면서 함몰됐다.

"꺄악?!"

"렉스다! 그놈들이 부딪쳐 오는 건가?!"

침착할 수 있는 상황이 아니었다.

지금 자기들이 있는 차량의 창문이 깨지고, 밤의 어둠 속에서 렉스의 흉악한 발톱이 언뜻언뜻 보이고 있었으므로.

이미 렉스의 무리가 열차를 포위하고 있었다.

"헌터는?! 헌터는 어디 있어?!"

"안쪽이다! 저쪽 차량으로 도망쳐!"

승객들이 앞다투어 달리기 시작했다.

짐을 챙길 여유도 없이 옆 차량으로 일제히 대피했다.

──정신 차려 보니.

이 차량에 남아 있는 사람은 이스카 하나뿐이었다.

"……렉스라고?"

이스카가 그렇게 중얼거림과 동시에, 고막이 찢어질 듯한 총성이 울려 퍼졌다.

헌터들의 기관총일 것이다. 유리가 깨져버린 창문 너머로 총의 불꽃이 번쩍이는 것이 똑똑히 보였다.

그러나──.

밤의 어둠 속에서 몸길이가 5m나 되는 대형 육식동물의 그림자가 떠올랐다.

효과가 없었다.

따가운 총알 세례를 받은 그놈들은 오히려 더 흉포해졌다.

"……이대로 있으면 위험해!"

렉스가 차량에 침입하는 것도 시간문제일 것이다.

그런 두려움 속에서 이스카가 떠올린 것은 헌터가 아니라, 이 열차 어딘가에 있을 제국 최강의 검사였다.

"스승님, 하필 이런 때 어디서 뭘 하는 거예요……?!"

이 소동이 벌어졌는데도 나타나지 않는다니.

아니, 어쩌면 이미 어딘가에서 렉스와 싸우고 있을지도 모른다.

한 가지 확실한 것은──.

지금 이곳에 제국 최강의 검사는 없다. 오직 이스카 혼자만 있었다.

"이 세상의 온갖 불운과 트러블을 상정해둬라."

"그중 몇 개는 반드시 현실이 될 테니까. 그곳이 전장이든 아니든 간에."

"아, 진짜. 이런 때에만 백발백중이라니까!"

여행 가방을 열었다.

몇 겹으로 둘둘 말아놓은 천을 풀고 이스카가 꺼낸 것은 호신도(護身刀) 한 자루였다. 렉스를 상대하기에는 너무 빈약한 도구였지만, 무기라고 할 만한 소지품은 이것밖에 없었다.

"……진정하자……."

이스카는 호신도를 움켜쥐고 주위를 둘러봤다.

대책 없이 적에게 덤벼들 만한 상황이 아니었다.

자기 목숨을 지킨다. 승객도 구한다. 렉스 무리를 쫓아낸다. 이 모든 것을 달성하려면, 우선 자신이 **절대적으로 유리한** 위치를 차지해야 한다.

"……어디가 좋을까……."

삐걱.

차량의 벽이 날카로운 발톱 형태로 찌그러졌다.

렉스들이 열차에 덤벼들어서 발톱을 세우고 달라붙은 것 같았다. 그 광경을 머릿속에 그려보고――.

"아, 그래. 지붕 위에서 싸우면……!"

소리를 지르자마자 이스카는 회오리바람처럼 빠르게 차량 밖으로 뛰쳐나갔다.

차량을 이어주는 연결부로 이동.

거기서 측면에 있는 사다리를 붙잡고 지붕 위로 뛰어 올라갔다.

"윽……."

거센 밤바람이 그를 덮쳤다.

맹렬한 기세로 달리는 급행열차 위였다. 발을 헛디디면 즉시 지상으로 추락하는 위험한 장소였지만, **여기가 좋았다.**

"저기다!"

지붕 위를 똑바로 달려갔다.

차량 끝까지 질주. 지나가는 길에 오른손의 호신도로 허공을 베었다.

『──끄윽!』

렉스의 노호가 울려 퍼졌다.

이스카가 지나가면서 벤 것은 렉스의 발톱이었다.

벽에 박혀 있던 발톱을 베어버리자, 지붕으로 올라오려던 렉스는 지지력을 잃고 굴러떨어졌다.

한 마리 해치웠다.

"……좋아, 할 수 있어!"

렉스는 대형 육식동물이다.

사냥감을 덮치는 습성으로 열차에 덤벼든다. 그 발톱을 정확히

잘라내면, 렉스는 벽에 매달리는 것이 불가능해지므로 그대로 굴러떨어질 수밖에 없다.

"덤벼라, 몇 마리든 다 떨어뜨려 줄 테니까!"

밤바람이 부는 가운데 목청이 터지라 외쳤다. 자기 자신을 고무시키기 위해서.

무서웠다.

스승님과의 대련을 통해 인간과의 싸움에는 질릴 정도로 익숙해졌다. 그러나 이런 대형 육식동물과의 실전은 처음이었다.

아직 열한 살밖에 안 된 어린아이에게는, 피에 굶주린 렉스는 너무나 거대한 괴물이었다.

"?!"

바람을 타고 날아온 날카로운 비명. 이스카는 그쪽을 돌아봤다.

"……저쪽 차량인가?!"

바람에 떠밀리면서 지붕을 밟고 질주했다. 옆 차량으로 뛰어넘어갔다.

거기 있었다.

지붕 위로 기어 올라오려고 하는 렉스. 이스카를 보자마자 위협하듯이 울부짖는 그 짐승을 향해, 이스카는 바닥을 박차고 더 빠르게 뛰어갔다.

──겁먹지 마라.

여기서 방어하는 것 이외에는 방법이 없다.

이 육식동물들이 열차 위로 완전히 올라온다면, 지붕을 타고 가서 기관부를 공격해 열차를 세울 것이다.

그러면 모든 승객이 렉스의 먹잇감이 될 것이다.

"올라오게 냐둘까 보냐!"

정신없이 칼을 휘둘렀다.

일도양단된 발톱까지 포함해서 두 번째 렉스가 열차에서 지면으로 굴러떨어졌다.

"……윽…… 허억……!"

아직 몇 분밖에 안 움직였는데도 자신도 놀랄 정도로 숨이 거칠었다.

단순히 피곤해서 그런 것이 아니었다.

목숨 걸고 싸우는 전장의 중압감 때문에 숨이 막힐 것 같았다.

"다음은?! 이번엔 앞쪽이냐……?!"

이 어둠 속에서는 눈보다도 청각이 도움이 되었다. 렉스의 기척이 느껴지는 방향으로 달려갔다.

"거기구나!"

흐릿한 빛에 비친 육식동물을 향해 칼을 휘둘렀다.

그러나.

"아얏?!"

비명을 지른 것은 이스카였다.

마치 전류가 흐른 것처럼 날카로운 통증이 느껴졌다. 손목부터 팔꿈치까지가 마비되어 움직일 수 없었다.

검이 튕겨 나왔다.

이스카의 기척을 눈치챈 렉스가 먹잇감을 향해 앞발을 치켜든 것이었다. 그걸 간신히 호신도로 막아내긴 했는데.

"크윽……!"

오른손이 마비되어 움직여지지 않았다.

"……젠장, 떨어져!"

칼을 왼손으로 바꿔 들고, 열차 벽에 매달려 있는 렉스를 다시 베었다.

이로써 세 마리 해치웠다.

그런 이스카의 등 뒤에서 기관총 일제사격을 하는 소리가 들렸다.

"……맨 끝 차량에 아직도 있구나!"

숨을 고를 틈도 없었다.

몹시 불안정하게 흔들리는 차량을 뛰어넘어 저 멀리 있는 차량으로 이동했다.

이스카는 아직 눈치채지 못했다.

이 암흑 속에서 자신의 호신도가 조금씩 금이 가기 시작했다는 사실을.

═══════

"저놈들이 창문을 부수고 들어왔어!"

"10호차는 이미 틀렸어. 차량을 분리해! 당장 그 옆의 9호차로 대피한다!"

지직…….

차내 조명이 심하게 깜빡거렸다.

맨 끝의 차량을 따라잡은 렉스들이 전기 케이블을 계속해서 물어뜯고 있었다.

앨리스에게는 그 참상은 보이지 않았지만, 헌터들의 절박한 고함만 들어도 현재 상황이 어떤지는 알 수 있었다.

"…………."

지정석에서 몸을 웅크렸다.

헌터의 지시대로——다른 승객들과 마찬가지로 앨리스는 자기 자리에 앉아서 잠자코 견디고 있었다.

그것이 가장 안전하다는 소리를 들었으므로.

…………

…………**정말일까?**

어린이인 앨리스로선 어른의 작전은 알 수 없었다.

그러나 가만히 있는 동안에 가슴속에서는 '이게 정말로 옳은 걸까?'라는 생각이 거품처럼 피어나기 시작했다.

왜냐하면——.

자신은 이 궁지에 몰린 사람들을 구할 **수 있을지도 모르는** 힘을 가지고 있으므로.

막강한 성령의 힘.

유일한 걱정거리는 제어에 실패해서 성령술이 폭발하는 경우였다.

여왕인 어머니도 쓰지 말라고 했을 정도로 위험한 힘이었지만, 만약 제어에 성공한다면 이 힘은 반드시 승객의 목숨을 구해줄 것이다.

"……렌렌. 있잖아, 렌렌."

옆에 있는 호위병에게 말을 걸려고 했는데, 그 직전에.

삐걱 소리가 나더니.

창문이 산산이 부서졌다. 그리고 창틀 속에서 통나무처럼 굵은 렉스의 팔이 쑥 들어왔다.

바깥에 있는 육식동물이 차량 안의 인간에게 손을 뻗은 것이었다.

"!"

앨리스의 등골이 서늘해졌다.

코앞에 닥쳐온 적을 향해, 거의 무의식중에 성령술을 발동──.

"안 돼요, 앨리스 님!"

앨리스가 벌떡 일어나자, 호위병 렌렌이 그 팔을 붙잡았다.

성령술은 사용하지 마라.

말하지 않아도 렌렌이 무슨 말을 하고 싶은지는 그 눈을 보면 알 수 있었다. 알 수 있었지만…… 이러는 사이에도 승객의 비명은 점점 커지기만 했다.

"꺄, 꺄아아아악?!"

"후퇴해! 제기랄, 이 차량까지 침입하려는 건가?!"

맞은편에서 아이를 데리고 있는 어머니가 절규했다.

그러자 헌터가 달려와서, 열차 벽에 달라붙은 렉스를 향해 기관총 일제사격을 했다.

"앨리스 님."

끊임없이 울려 퍼지는 총성 속에서 렌렌이 소리를 낮춰 속삭였다.

"앨리스 님의 생각은 훌륭해요. 당신이 무엇을 원하시는지는, 가슴 아플 정도로 잘 알고 있습니다."

"…………."

"하지만 지금은 제발 자제해주세요. 앨리스 님의 성령은, 무례함을 무릅쓰고 말씀드리자면, 렉스보다도 더 심각한 피해를 낳을 위험성이 있습니다."

"……나도 알아."

이 얼마나 답답한 상황인가.

왕녀로서. 성령술사로서.

자신에게는 궁지를 타개할 힘이 있는데, 그 힘을 제어하지 못한다는 미숙함 때문에 아무것도 못 하는 것이다.

──아니다.

아무것도 못 하는 것은 아니다.

아무것도 하지 말라는 말을 듣고, 거기에 반론하지 못하기 때문에 분한 것이다.

"헌터들에게 맡기세요."

"……아니, 하지만!"

앨리스는 찌그러진 창틀을 가리키면서 더는 못 참고 소리를 질렀다.

이미 한계에 다다랐다.

승객도 헌터도, 이 열차도.

"창문이 깨졌잖아! 렉스들이 줄줄이 이 열차에 달려들고 있어. 그놈들이 지붕에 올라가서 위쪽으로 접근을——————………… 으응……?"

저도 모르게 제 눈을 의심했다.

앨리스가 가리킨 창문 밖에서. **렉스가 위에서 떨어져 내려왔으므로.**

지붕 위에서 굴러떨어지고 있었다.

우연히 균형을 잃고 굴러떨어진 걸까? 그렇게 생각한 앨리스의 눈앞에서 또 다른 렉스가 굴러떨어졌다.

헌터인가?

아니다. 이곳에 있는 헌터는 차량 안을 지키느라 바빴다. 바깥에 나가 있을 리 없었다.

"……혹시 누가 지붕 위에 있나?"

조심조심 창가로 다가갔다.

안 부서진 유리창에 손을 대고 열차 바깥을 쳐다봤다.

"앨리스 님?! 안 됩니다, 창문에서 떨어지세요!"

"————."

렌렌의 제지는 앨리스의 귀에는 들리지 않았다.

열차 바깥에서 목격한 충격적인 광경. 그 앞에서 앨리스는 넋을 잃었기 때문이다.

앨리스가 바라보는 지붕 위에서——.

검은 머리 소년이 조그만 칼 한 자루를 들고 렉스를 하나씩 열차에서 떨어뜨리고 있었다.

"그때 그 남자애잖아?!"
이번에야말로 놀라서 입이 다물어지지 않았다.

낮에 우연히 스쳐 지나갔던 소년. 그 아이가 이 춥고 어두운 밤에, 열차 위로 올라오려고 하는 렉스의 무리를 단독으로 막아내고 있었다.

"……세상에, 너무 위험해!"
총으로 원거리 공격을 하는 것과는 차원이 달랐다.

엄청나게 불안정한 지붕 위에서 오직 혼자서, 저렇게 작은 칼로 렉스를 직접 베다니. 생각만 해도 소름 끼치는 초인적인 행위였다.

나라면 무서워서 절대로 못 할 것이다.
어른인 헌터들조차도 주춤할 것이다. 그런데 왜 저 남자아이 혼자만 저토록 분투할 수 있는 걸까.

——아니다.
왜 그가 할 수 있는가. 그건 문제가 아니었다.

왜 내가 아무것도 안 하는가. 그것이야말로 이 갈등의 근원이었다.

할 수 있으면서.

성령술사의 왕녀로 태어난 자신의 힘은, 바로「이런 때를 위해서」주어진 게 아닐까?

"……!"

검은 머리 소년의 몸이 살짝 뒤로 젖혀지자, 앨리스는 그 순간 정신을 차렸다.

칼이 뚝 부러졌다.

날뛰는 렉스의 공격을 완벽하게 막아내지 못하고 칼이 두 동강이 났고, 그 충격으로 소년은 튕겨 날아가 쓰러졌다.

그리고 지붕 위로 올라온 렉스가 그 소년을 덮쳐──.

"안 돼!"

"앨리스 님?!"

정신없이 앨리스는 차량 밖으로 뛰쳐나갔다.

호위병 렌렌의 손을 뿌리치고, 총을 든 헌터들 옆을 지나쳐서 승객들 사이를 헤치고.

차량 간의 연결부로.

──동시에 일어난 일이었다.

다급하게 밖으로 뛰어나온 앨리스가 머리 위를 쳐다본 것과 칼을 잃어버린 소년에게 두 마리 렉스가 덤벼든 것은.

그 순간 깨달았다.

망설일 시간은 없다. 자신이 망설이면, 저 사람은 목숨을 잃는다.

그러니까―――――.

"성령아, 부탁이야!"

앞뒤 가리지 않고.

앨리스는 자신의 육체에 깃든 성령에게 명령했다.

머릿속에 그린 것은「얼음 방패」. 성령술의 폭주는 결코 용납될 수 없다. 그리고 부디 이 냉기가 그를 해치지 않기를.

성령이여.

"지켜줘!"

━━━━━━

새파랗게 빛나면서 얼어붙어 있었다.

수정같이 투명한 얼음 벽.

그것이 허공에서 돌연 쑥 튀어나와 렉스들의 돌격을 튕겨냈다.

마치 얼음 방패처럼.

"……어?"

이마에서 흐르는 피 때문에 눈앞이 흐릿해진 와중에 이스카는 멍하니 눈을 깜빡거렸다.

무슨 일이 일어난 거지?

스승님이 주신 호신도가 부러졌고, 자신은 렉스의 공격을 제대로 막아내지 못해서 부상을 입었다. 그런 위급한 상황에서──.

이 빙벽은 대체 뭐지?

"숙여!"

"윽!"

휘몰아치는 밤바람에 쓸려가는 가느다란 목소리. 그게 누구 목소리인지도 모르면서 이스카는 몸을 숙였다. 그 머리 위로 연달아 차가운 것이 스쳐 지나갔다.

그것은 무수한 얼음덩어리.

얼음 탄환으로서 발사된 무수한 얼음덩어리들이 렉스의 무리를 차례차례 격추했다.

"성령술?!"

어느새 조용해진 열차 지붕 위.

이스카가 허둥지둥 뒤를 돌아봤을 때는, 등 뒤에 있었을 「누군가」는 이미 자취를 감춰버렸다.

그런 얼음이 난데없이 하늘에서 뚝 떨어질 리는 없었다.

틀림없이 성령술이었다. 꽤 강력한 베테랑 마녀가 우연히 같은 열차에 타고 있었나 보다.

그 마녀가 렉스를 격퇴했다.

"…………살았나……?"

사력을 다해 싸웠던 이스카는 그 자리에 털썩 쓰러졌다.

호신도만 부러진 것이 아니었다.

이미 체력은 바닥났고 집중력도 거의 다 떨어져서, 진짜로 죽을 뻔했었다.

"⋯⋯⋯⋯말도 안 돼⋯⋯."

자신이 살았다는 것이 믿어지지 않았다.

그러나 그보다 더 놀라운 것은——.

설마 마녀가, 제국인인 자신을 구해줄 줄은 몰랐다.

이것은 우연이다.

자신을 구해준 마녀도, 제국에서 멀리 떨어진 곳에 있는 소년이 설마 제국인 줄은 꿈에도 몰랐을 것이다.

"⋯⋯하지만."

자신이 「마녀의 도움을 받았다」는 것은 변함없는 사실이었다.

더 나아가 제국에서는 잔인하고 잔학하다고 알려진 마녀가, 다른 승객을 돕기 위해 자기 능력을 사용한 것도 이스카로선 믿기 어려운 일이었다.

"제국에 퍼져 있는 일화도, 네가 지금 눈으로 보고 있는 광경도."

"둘 다 잘 기억해둬라."

“……스승님? ……이것이…………."

이스카가 정신을 차렸을 때는 어느새 헌터들의 총성은 그쳤고, 렉스들의 기척도 거짓말같이 사라져버렸다.

“아……."

새까만 지평선.

그 너머에서 반짝이는 빛이 먼 도시의 불빛이란 것을 이스카는 그제야 겨우 깨달았다.

도착한 것이다.

유적도시 그라프에——.

4

“네가 탄 열차는 비에르 공화국으로 가는 기관차였어."

“네? 거짓말이죠?!"

기관차가 도착한 역 승강장에서.

먼저 온 스승님이 처음으로 뱉은 한마디에 이스카는 비명을 질렀다.

“다른 차를 타고 먼 길을 열심히 쫓아왔다. 네가 탄 기관차의 속도가 갑자기 확 느려져서 내가 먼저 도착하게 되었는데."

스승님은 이스카가 타고 온 기관차를 힐끔 보더니 탄식했다.

창문은 모조리 금이 갔고.

차량 벽에는 렉스의 발톱 자국이 선명하게 찍혀 있었다.

"꽤 화려한 레이스를 펼친 것 같구나."

스승님의 눈이 이스카의 손에 들린 호신도를 향했다.

반으로 뚝 부러진 칼을 내려다보면서.

"그건 어떻게 된 거냐?"

"부러졌어요."

"부러뜨린 거지. 네가 사용하는 방법이 잘못된 거야."

아주 인정사정없었다.

그런 줄 알았는데, 제국 최강의 검사는 평소와는 달리 달변이었다.

"사용하는 방법은 잘못됐지만, 사용하는 곳은 잘못되지 않았어."

"……네?"

"검은 단순한 소모품이다. 국보든 명도든 상관없으니까 모조리 부러뜨려. 그것으로 누군가를 구할 수 있다면."

"혹시 칭찬해주시는 거예요?"

"지금 네 역량을 고려한다면, 그런 거지."

휴 하고 안도의 한숨을 쉬었다.

열차를 잘못 타고 심지어 검까지 부러뜨렸는데, 이에 대한 「질책」은 아마도 렉스와의 싸움으로 상쇄된 것 같았다.

"아…… 그런데 스승님, 렉스를 물리친 사람은 나 혼자가 아니었어요."

"그래, 헌터였지?"

"실은 헌터도 아니었고……."

"?"

"어, 그게, 뭐랄까요."

마녀가 구해줬어요.

그 이야기 자체는 간단했지만, 아쉽게도 마녀의 얼굴은 보지 못했으므로 그게 누구인지 설명하지 못하는 것이 답답했다.

자신을 구해준 마녀는 도대체 누구였을까.

"……많은 일이 있었어요."

"그걸 설명이라고 하는 거냐? 멍청한 놈."

그런 대화를 나누는 이스카와 스승에게서 좀 떨어진 곳――.

"그 남자애는 어디로 갔을까?"

"앨리스 님, 왜 그러세요?"

"……아니, 아무것도 아냐."

호위병 렌렌에게 손을 붙잡힌 채 승강장을 뒤로하는 금발 소녀가 있었다.

그 교차가——.

흑강의 후계자 이스카가 마녀의 이미지를 다시 생각하게 된
순간.

빙화의 마녀 앨리스가 자신의 비기를 「빙화(氷花)」, 즉 「방패」로
하기로 결심한 순간.

그리고 그 후의 미래까지 결정지었다는 사실을, 두 사람은 몰
랐다.

혹은
세계가 모르는 재회

the War ends the world /
raises the world
Secret File

제도──.

기계로 된 이상향「제국」의 중추.

약 100년 전, 세계 최초로 성령 에너지 대규모 분출 현상『볼텍스(성맥 분출천)』가 관측된 곳이었다. 시조 네뷸리스의 반란으로 한때는 잿더미로 변했지만, 그 후 강철 도시로 재탄생했다.

이곳은 그런 제도의 가장 깊숙한 곳.

사중 구조로 된 탑의 최상층『비상비비상천(非想非非想天)』. 그곳에서──.

『······후움.』

은색 수인(獸人)이 가벼운 하품을 씹어 삼켰다.

풍성한 온몸의 털은 여우와 비슷했지만, 얼굴은 마치 고양이와 인간 소녀를 합쳐놓은 것 같았다. 묘하게 친근감이 느껴지는 외모였다.

아기 고양이처럼 눈이 크고, 입가에서 튀어나온 뾰족한 송곳니도 왠지 애교 있어 보였다.

인간이 아닌 괴물──.

그 정체가 천제 융메룽겐이라는 사실을 알게 된다면, 제국 백성들은 얼마나 놀랄까.

천제의 호위인『사도성』조차도 얇은 휘장 너머로만 알현할 수 있는 존재. 제국의 최고 권력자이자, 가장 중요한 기밀. 그것이 이 천제 본인이었다.

『그게 몇 년 전 일이었지?』

그 천제가 느긋하게 책상다리하고 앉아 있었다. 바닥이 다다미로 된 넓은 방에서.

탁.

탁, 하고.

전기(戰棋)라고 불리는 고전적인 보드게임을 혼자 두면서.

『**네가** 이야기한 적이 있었잖아? 바보 같은 네 제자가 대륙 철도의 기관차를 타려다가 실수로 엉뚱한 것을 탔던 사건. 그랬더니 그 열차가 괴수의 무리한테 습격을 당했다고 했지?』

"기억이 안 나는군."

그 목소리는 방의 입구에서 들려왔다.

몇 년에 한 번 있을까 말까 한 외부인의 방문. 그러나 천제는 여전히 눈앞의 보드게임만 들여다보고 있었다.

『벌써 잊어버렸어? 넌 그때 이렇게 말했어. 그 열차에 우연히 강력한 마녀가 타고 있었던 것 같다고. 그걸 조사하라고 시킨 적이 있었는데.』

"그래서, 뭐?"

『결과가 대박이야.』

날카로운 손톱이 언뜻 보이는 천제의 손가락이 움직였다. 「여왕」이라고 적힌 큼직한 말을 앞으로 이동시켰다.

황청과 제국.

그 양측 진영을 혼자서 움직이고 있었다.

『현 여왕…… 어, 지금은 8세인가? 그 여왕의 딸이 당시에 우연히 멀리 외출했다는 것을 알게 됐어. 얼빠진 네 제자와 같은 열차에 탄 거야. 이름이 궁금하지 않아?』

"나를 호출한 것은 그 일 때문인가?"

『호출은 무슨 호출.』

천제 융메룽겐이 고개를 들었다.

이 천제의 방에 몇 년 만에 나타난 남자——.

전직 사도성 제1위, 크로스웰 네스 리뷔게이트가 그곳에 있었다.

과거의 천제 호위.

십수 년 전에 그 자리에서 물러남과 동시에 천제 앞에서 사라진 남자였다.

『크로, 요새는 어디를 쏘다니고 있었어?』

"…………."

크로라고 불린 전직 사도성은 살짝 한숨을 내쉬었다.

"별의 백성에게 부탁할 것이 있었다."

『그럼 상당히 멀리 나갔겠네. 그 볼일은 다 봤어?』

"아직 덜 끝났어."

『서두르는 게 좋을 거야.』

책상다리로 앉아 있던 은색 수인이 한쪽 다리를 세웠다.

『시조가 기다리다 지쳐서 슬슬 깨어날 거야. 성검에 반응할 테니까.』

"그렇겠지."

『정말 난감하다니까. 그 마녀는 아직도 제국에 대한 복수만 생각하고 있어.』

어휴 하고 고개를 절레절레 흔들었다.

천제는 이쪽을 내려다보는 키 큰 남자를 쳐다보더니, 문득 추억에 젖은 것처럼 미소를 지었다.

『**네 누나**잖아. 동생으로서 이번에야말로 어떻게든 해봐야 하는 거 아냐?』

"그건 100년 전 그때 포기했다."

체념한 눈빛.

천제 융메룽겐의 말에 대해, 흑강의 검투사 크로스웰은 아무런 감정 없는 목소리로 그렇게 대꾸했다.

"내가 움직여봤자 불에 기름을 끼얹은 격이다. 나는 이 별을 구할 수 없어. 네 밑에서 떠날 때 그렇게 말했잖아."

『응, 기억해. 그래서 성검은 다른 녀석에게 맡기기로 했다……라는 그다음 말도.』

"……그렇다."

까만 코트가 펄럭였다.

"시간이 됐어."

『벌써 가게?』

"별의 백성을 기다리게 할 수는 없으니까. 그놈들은 변덕쟁이거든.”

『그렇구나. 그럼 잘 가.』

“_____.”

『아 참, 하나 깜빡했네.』

떠나려고 하는 전직 호위.

그런데 천제 융메룽겐이 그 뒷모습을 붙잡듯이 한마디 던졌다.

『중요한 것을 깜빡하고 말 안 했어.』

“뭔데?”

『제907부대라고 했나? 바보 같은 네 제자가 이제 곧 제도로 돌아올 거야. 한동안 황청에 있었던 모양인데, 멜른이 불러냈어.』

“………….”

『뭔가 하고 싶은 말. 있지 않아?』

넓은 다다미방에서 히죽히죽 웃고 있는 수인. 그를 내려다보면서 이스카의 스승은 아주 커다란 한숨을 쉬었다.

“이봐, 그렇게 중요한 것은 빨리 말해야지.”

후기

『너와 나의 최후의 전장, 혹은 세계가 시작되는 성전 Secret File』(너와 나의 전장)을 읽어주셔서 감사합니다!

이번에『너와 나의 전장』단편을 처음 읽어본 분들도 많으실 것 같은데요.

이것은 판타지아 문고의 격월지, 드래곤 매거진에서 연재하고 있는『너와 나의 전장』단편들을 한데 모아놓은 특별편입니다.

보통은 한 번 읽고 마는 단편들인데요. 이번에 많은 분이 "단편집을 내주세요!"라고 요청해주셔서 이 책이 나오게 되었습니다.

저도 처음 내보는 단편집입니다. 재미있게 봐주셨으면 좋겠어요!

그리고 제일 중요한 그 내용은요. 이『너와 나의 전장』의 특징인데, 단편은 전부 다 제국 측과 황청 측으로 나뉘어 있습니다.

주인공 이스카의 제국과 여주인공 앨리스의 황청——.

두 강대국의 전쟁 속에 존재하는 이스카의 일상 풍경이나 앨리스의 왕궁 생활 등, 장편에서는 묘사되지 않았던「무대 뒤」의 이야기를 자세히 파헤쳐보는「Secret File」. 이로써 단편에서만 볼 수 있는 새로운 일면을 보여드리는 데 성공했기를 바랍니다.

네, 그럼 지금부터 각 에피소드에 관해 조금만 설명을 해볼게요.

◇File.01『혹은 결투의 이중 약속』(2017년 9월 호)

장편 2권이 나왔을 때 드래곤 매거진에 게재된 단편입니다.

애니메이션을 통해 『너와 나의 전장』에 관심을 가져주신 분들이 보시기에도 딱 좋은, 이스카와 앨리스의 관계에 초점을 맞춘 이야기입니다.

장편에는 나오지 않았던 중립도시가 나오고, 사람들이 두려워하는 마녀와 마인의 일면이 언뜻 드러나고 『너와 나의 전장』의 세계관을 보강하는 에피소드인 것 같기도 합니다.

◇File.02 『혹은 격돌이 불가피한 군사 훈련?』(2018년 7월 호)
이스카가 소속된 제907부대는 어떤 훈련을 하고 있을까?

그런 제국군의 비밀을 알아보는 에피소드입니다. 평소에는 착실하게 훈련하지만, 가끔은 리샤나 사령부의 변덕에 의해 이런 훈련도 하게 됩니다.

그리고 피리에 대장은 앞으로도 등장할 예정이므로, 어딘가에서 보시면 꼭 응원해주시길 바랍니다!

◇File.03 『혹은 소녀들로 에워싸인 꽃밭 생활』(2019년 5월 호)
이스카는 훈련이 없을 때, 무엇을 할까?

그래서 훈련 에피소드 다음에는 매우 시끌벅적한 제국의 일상 에피소드가 나왔습니다.

남자 기숙사에서 느긋하게 지낸다⋯⋯는 소박한 꿈이, 대개 언제나 네네나 미스미스 같은 사람에게 방해를 받는다. 그것이 이스카입니다.

또 장편과는 다른 리샤의 일면도 이 에피소드에 응축되어 있습니다.

(아니, 실은 이게 리샤의 진짜 모습일지도 몰라요)

◇File.04『혹은 앨리스의 신부 전쟁?』(2019년 7월 호)
앨리스가 정신없이 고생하는 황청 편입니다.

앨리스는 이런 사람이니까요. 현재로선 맞선 상대는 누구나 예외 없이 기절해서 다시 본국으로 돌려보내질 테지요…….

참고로 저는 마지막에 나오는 여왕과의 대화를 좋아합니다.

여왕도 소녀 시절에는 앨리스와는 또 다른 문제아였으니까요. 언젠가는 그 이야기도 단편으로 써보고 싶습니다. (그때는 모 마인도 함께)

◇File.XX『너와 나의 최초의 교차』(새 단편)
이 『Secret File』을 상징하는 아주 특별한 극비 에피소드입니다.

그리고 사실 이것은 『너와 나의 전장』 1권 제3장 앞부분에도 나왔던 회상 장면의 「진실」이기도 합니다.

가능하시다면 1권 3장 앞부분을 다시 한번 봐주세요.

그리고 스승님!

지금까지 베일에 싸여 있던 선대 「성검」 소지자가 등장했습니다.

단편이라는 한정된 분량 속에, 그보다 더 많은「비밀」이 한계까지 꽉꽉 채워진 에피소드입니다. 재미있게 보셨으면 좋겠어요!

◇Secret『혹은 세계가 모르는 재회』(새 단편)
이 단편집의 에필로그에 해당하는 스승님&천제의 이야기.
천제가 스승님에 관한 어마어마한 비밀을 아무렇지도 않게 언급한 것 같은데요. 이에 관한 것은 다음 장편을 기대해주세요.
참고로 이 에필로그가 단편집에서는 시간상「최신」사건입니다. 천제와 스승님의 재회가, 다음 장편 10권이라는 미래와는 어떻게 연결될지──.
부디 기대해주시길 바랍니다!

……네, 그럼. 본편 이야기는 여기까지 하고 새 소식을 알려드리겠습니다.

▶TV 애니메이션『너와 나의 전장』, 올해 10월부터 방송 개시!
드디어 방송 시기가 결정됐습니다!
오래 기다려주신 TV 애니메이션 제작 기획. 이 책의 띠지에도 적혀 있듯이 올해 10월부터 방송이 시작됩니다!
게다가 애니메이션 정보도 속속 공개되고 있습니다!
특히 성우 캐스팅 말인데요.
이스카 : 코바야시 유스케 님

앨리스리제 루 네뷸리스 9세 : 아마미야 소라 님

2018년에 공개된 『너와 나의 전장』 오디오 드라마의 두 분이 TV 애니메이션에서도 계속해서 주인공과 여주인공 역할을 맡아 주시게 되었습니다!

그래서 정말 기쁘고 든든해요.

물론 미스미스 대장님과 진과 네네, 린과 리샤, 여왕님, 또 스승님까지!

이 단편집에도 등장했던 장편의 주요 인물들도 참전해서, 차근차근 애프터 리코딩(음성 녹음)이 이루어지고 있습니다.

최고로 멋진 캐스팅을 해주셨으니까요. 기대하시길 바랍니다!

그리고 애니메이션 최신 정보는.

『너와 나의 최후의 전장, 혹은 세계가 시작되는 성전』 공식 계정. (http://twitter.com/kimisen_project)

이쪽에서 갱신될 예정입니다. 괜찮으시다면 꼭 봐주세요!

또 동시 병행 시리즈에 관한 이야기도 조금 해볼게요.

현재 MF 문고 J에서 연재 중인 이야기가 슬슬 클라이맥스에 다다랐습니다.

▶『어째서 아무도 나의 세계를 기억하지 못하는 걸까?』(『어째서 나』)

소설책 8권까지 간행 중.

다음 권인 신간 9권이 드디어 8월 25일 정도에 간행될 예정입니다. 만화판도 월간 코믹 얼라이브에서 연재 중이니까요. 이쪽도 응원해주시면 좋겠습니다!

자, 그럼⋯⋯.

후기도 거의 끝나가네요. 조금만 사적인 감사 인사를 드리겠습니다.

이번에도 최상의 표지를 그려주신 네코나베 아오 선생님, 감사합니다!

드래곤 매거진 7월 호의 앨리스 표지도 엄청나게 멋있었어요!

그리고 또 한 분——.

너와 나의 전장 6권부터 담당해주신 편집자 Y님이 이 단편집부터 다른 곳으로 이동하시게 되었습니다.

담당해주신 기간은 짧지만요. 사자네 케이 오프라인 행사부터 판타지아 대감사제에서의 애니메이션 제작 발표, 애니메이션 대본 회의 등, 애니메이션이나 미디어믹스와 관련된 중요한 기획을 전력으로 지원해주셨습니다. 정말 감사합니다!

그리고 새로운 담당자 O님, S님——.

Y님과 교대하자마자 곧바로 『너와 나의 전장』 단편집과 애니메이션 기획을 위해 최선을 다해주셔서, 정말로 믿음직하다고 생각했습니다. 앞으로 애니메이션 방영과 극적인 소설 진행에 관해서도 잘 부탁드리겠습니다!

다음 편인『너와 나의 전장』10권.

검사 이스카와 마녀 공주 앨리스의 이야기——.

제도로 향하는 이스카 일행의 앞을 가로막는 강적. 한편 앨리스는 또다시 가장 오래되고 가장 강력한 대마녀와 대치하는데…….

전보다 한층 더 치열해진 두 사람의 격전을 주목해주세요.

자, 그럼——.

8월 25일 무렵에『어째서 나』9권 간행 예정.

10월 20일 무렵에『너와 나의 전장』10권 간행 예정.

그리고 또.

TV 애니메이션『너와 나의 전장』도 소설 10권과 마찬가지로 10월부터 방송 개시!

올해 여름과 가을은『어째서 나』&『너와 나의 전장』으로 뜨겁게 불타오를 수 있도록 최선을 다하겠습니다. 꼭 기대해주세요!

여름이 되어가는 어느 날 밤에, 사자네 케이

다음 편 예고

"옛날이야기를 해줄까.
그 시조가, 아직 제도에 사는 소녀였던 시절의 이야기."

돌연 등장한 천제 융메룽겐. 그가 시키는 대로
이스카 일행은 제도로 향한다.
붙잡힌 린을 구출하기 위해. 또 100년 전의 진실을 알기 위해.
이에 호응하듯이 황청에서도, 여왕 대리인이 된 앨리스는
격동의 선택의 기로에 서게 되는데——..

지고의 마녀와 최강의 검사의 무도, 제10막.
오래된 별의 금단이 100년의 잠에서 깨어난다.

너와 나의 최후의 전장, 혹은 세계가 시작되는 성전
the War ends the world /
raises the world

KIMI TO BOKU NO SAIGO NO SENJO, ARUIWA SEKAI GA HAJIMARU SEISEN Secret File
©Kei Sazane, Ao Nekonabe 2020
First published in Japan in 2020 by KADOKAWA CORPORATION, Tokyo.
Korean translation rights arranged with KADOKAWA CORPORATION, Tokyo.

너와 나의 최후의 전장, 혹은 세계가 시작되는 성전 Secret File

2021년 11월 8일 1판 1쇄 인쇄
2021년 11월 15일 1판 1쇄 발행

저　　　자	사자네 케이
일 러 스 트	네코나베 아오
옮 긴 이	한수진
발 행 인	유재옥
본 부 장	조병권
담당편집자	조찬희
편 집 1팀	김혜연 박소연 이준환
편 집 2팀	박치우 정영길 조찬희 조현진
편 집 3팀	곽혜민 오준영 이해빈
라 이 츠	이다정 한주원
디 지 털	김지연 박상섭 이성호 최서윤
미　　　술	김보라 서정원
인쇄제작처	코리아피앤피
발 행 처	㈜소미미디어
등　　　록	제2015-000008호
주　　　소	서울시 마포구 토정로222, 403호 (신수동, 한국출판콘텐츠센터)
판　　　매	㈜소미미디어
마 케 팅	최수아 한민지
전　　　화	(02)567-3388, Fax (02)322-7665

ISBN 979-11-384-0114-2 04830
ISBN 979-11-6190-511-2 (세트)